Chris RAVÉRI

W0393221

PIÈGE FATAL À HENDAYE

ROMAN POLICIER

Marysa Éditions

Avertissement : Ce récit est une œuvre de pure fiction. Par conséquent, toute ressemblance avec des situations réelles ou avec des personnes existantes ou ayant existé ne saurait être que fortuite.

Le Code de la propriété intellectuelle n'autorisant, aux termes des paragraphes 2 et 3 de l'article L. 122-5, d'une part, que les « copies ou reproductions strictement réservées à l'usage privé du copiste et non destinées à une utilisation collective » et, d'autre part, sous réserve du nom de l'auteur et de la source, que les « analyses et les courtes citations justifiées par le caractère critique, polémique, pédagogique, scientifique ou d'information », toute représentation ou reproduction intégrale ou partielle faite sans le consentement de l'auteur ou de ses ayants droit ou ayants cause est illicite (art. L. 122-4).

Cette représentation ou reproduction, par quelque procédé que ce soit, constituerait donc une contrefaçon, sanctionnée par les articles L. 335-2 et suivants du Code de la propriété intellectuelle.

Illustration et couverture : Nathalie Glévarec
Imagesderomansblogspot.com

© Marysa Éditions 2022

ISBN : 978-2-9581368-0-2

1 – L'accident

Avril deux mille dix-neuf

La pleine lune dessinait les contours majestueux de la Corniche basque entre Hendaye et Socoa. La nuit douce incitait au farniente. Les vagues se brisaient inlassablement en rythme régulier contre les hautes falaises en calcaire, découpées et fragilisées par l'océan et l'usure du temps.

Les douze coups de minuit venaient de sonner à l'église Sainte-Anne d'Hendaye. Un véhicule de la police de Saint-Jean-de-Luz remontait la D 912, la route de la Corniche, pour regagner le commissariat après une patrouille entre Biarritz et Hendaye sans constatation d'incident ou d'infraction.

Environ deux kilomètres au nord d'Hendaye, après le centre de vacances de la SNCF désert à cette époque, dans une courbe à droite la glissière de sécurité en bois bordant la falaise gisait arrachée sur une vingtaine de mètres.

— Un accident ! Arrête-toi ! ordonna le brigadier-chef au gardien de la paix au volant.

La Renault Mégane se gara, gyrophare bleu trouant la plénitude de la nuit.

À la lueur d'une puissante torche, les policiers inspectèrent le site présentant des empreintes suspectes de roues menant vers le vide et quelques débris de véhicule, sans aucune trace apparente de freinage sur la chaussée de la départementale. Malgré leur éclairage portatif longue portée, le vide révéla seulement le ressac se brisant avec force écume sur les rochers plusieurs dizaines de mètres en contrebas. La marée haute recouvrait le pied de la corniche.

Précautionneusement, le chef de patrouille fouilla les herbes folles en bord de falaise.

— J'aperçois un morceau de métal en équilibre au bord du vide. Je vais essayer de le récupérer ! Assure-moi ! indiqua-t-il à son subordonné.

Après une série de contorsions et une prise de risque, le policier parvint à saisir le précieux bout d'aluminium tordu, une plaque d'immatriculation parfaitement lisible.

TZ-864-EB indiquait la plaque récupérée à l'extrémité droite ornée du numéro 64 et de la croix basque rouge.

L'ordinateur de bord de la Mégane cracha en quelques clics les coordonnées du véhicule : Break Volvo V70 de 2015 gris appartenant à Charlotte de Larralde, domiciliée au 24 chemin des Écureuils à Biarritz.

— Balisons le site et allons faire un tour à l'adresse de la propriétaire du véhicule ! décida le brigadier-chef.

— Chef, après un choc est-il normal que les écrous du tronçon de glissières soient desserrés ?

Interloqué, il vérifia l'affirmation de son perspicace jeune collègue.

— Bien vu ! Crois-moi, cet accident présumé exhale un relent nauséabond !

Un quart d'heure plus tard, une petite maison de type basque nichée au milieu d'un bois de pins au fond d'une impasse bourgeoise accueillait silencieusement les policiers.

Aucune voiture en vue, pas de lumière. Les volets rouges en bois étaient ouverts sur des fenêtres aveugles avec vitrage à petits carreaux. Personne ne répondit aux coups insistants de sonnette. Seul, malheureux sur le perron, un gros matou en mal de croquettes miaulait famine.

— La propriétaire est sûrement en bas de la falaise. Je demande l'intervention de l'hélico pour un survol du site, décida le gradé au flair plus acéré qu'un cabot.

✯

Moins d'une demi-heure plus tard, l'*EC 145* du détachement de la gendarmerie de l'aéroport de Biarritz - Pays basque balayait le lieu de l'accident supposé de son phare de recherche installé sur son patin droit. Sur le gauche, la caméra thermique sondait les flots à la recherche d'une source de chaleur. La marée était descendante. Les vagues découvraient par intermittence une masse métallique, la carcasse en piteux état d'un véhicule, encastrée dans les rochers au pied de la corniche. En suivant, le plongeur de bord descendit sur l'amas de tôle éclairé par le puissant halo : une Volvo grise ou plus exactement ce qu'il en restait. Une vedette de la gendarmerie maritime arriva en renfort avec une équipe de deux plongeurs.

À l'intérieur des restes du break suédois, prisonnier de son cercueil d'acier, le cadavre en piètre état d'une femme défigurée gisait au volant, retenu par la ceinture de sécurité et les tôles. Éparpillées dans les rochers et brassées par le ressac, des dizaines de cartouches de paquets de cigarettes baignaient. Le sac à main de la victime récupéré dans l'habitacle contenait un portefeuille avec une carte d'identité et un permis de conduire au nom de Charlotte de Larralde, plus une trentaine de billets bleus de deux cents euros, tous de la même série. La boîte à gants révéla une bombe antiagression à gaz et cerise sur le gâteau, un pistolet semi-automatique Glock 26 9 mm Parabellum chargé de dix balles, arme utilisée par plusieurs services de police à travers le monde.

☆

Le capitaine Imanol Etcheberry de la police judiciaire de Bayonne, attablé tranquillement en terrasse devant un expresso et deux croissants au *bar Xinguy,* profitait du calme matinal des bords de la Nive avant de rejoindre l'effervescence de son bureau de l'hôtel de police. Plongé dans le compte-rendu du journal *Sud-Ouest* du dernier match de rugby du Top 14 joué par l'Aviron Bayonnais, son club de cœur en tant que Bayonnais et ancien joueur de l'équipe première, un appel de son patron, le commissaire Patrick Gorretcha, troubla la quiétude trompeuse de son petit-déjeuner.

— Imanol, le procureur de la République vient de m'appeler pour confier une nouvelle enquête à la PJ. Cette nuit, un véhicule a plongé depuis la route de la Corniche entre Hendaye et Socoa. La conductrice décédée transportait une cargaison de cigarettes de contrebande, une somme importante en liquide et un pistolet semi-automatique.

— Je vois. Drôle de paroissienne !

— Tu peux le dire ! Contacte le brigadier-chef Arosteguy au commissariat de Saint-Jean-de-Luz pour les points de détails.

— Très bien, je m'en occupe. Je présume qu'à ce stade

la version officielle annonce un malheureux accident.

— Bien vu Imanol ! Tiens-moi au courant de tes investigations ! À plus.

☆

Une heure plus tard, le capitaine Imanol Etcheberry gara son véhicule de service dans l'avenue Joseph Petit devant le bâtiment sans âme abritant le commissariat de police de Saint-Jean-de-Luz. Dès l'installation de sa grande carcasse de deuxième ligne sur une chaise vintage du bureau du brigadier-chef Arosteguy, Imanol exposa l'objet de sa visite impromptue :

— D'après le Proc, vous auriez une cliente pour la PJ.

— Tout à fait Capitaine ! Une jeune femme tuée dans un accident présumé sur la D 912 avec deux cents cartouches de cigarettes de contrefaçon de marque Marlbœuf, six mille quatre cents euros en fausse coupure et un magnifique Glock 26 au numéro de série limé. Charlotte de Larralde, domiciliée à Biarritz, divorcée de Severio Etchebarne, restaurateur et patron du *Chantaco*, esthéticienne au chômage, inscrite à Pôle emploi. De plus, la glissière de sécurité en bois n'a pas fait son office, les écrous de fixation avaient été desserrés au préalable.

— Intéressant ! Où puis-je rencontrer cette Charlotte ? s'enquit Imanol souvent un peu taquin en dépit des circonstances tragiques.

— La victime est hébergée actuellement à l'institut médico-judiciaire de la Côte Basque à l'hôpital de Bayonne, répondit du tac au tac le policier en tenue.

— Et son véhicule ?

— La carcasse a été transportée au garage de la police de

Bayonne pour investigations.

— Avez-vous saisi le téléphone portable de la victime ?

— Malheureusement non. Celui-ci ne figurait pas dans son sac à main. L'océan a dû l'emporter. Les recherches en pied de falaise n'ont rien donné.

— Autant chercher une puce de mer dans un océan ! Merci bien pour votre aide.

Le capitaine Etcheberry déplia son double-mètre, récupéra les scellés et prit aussitôt la route de l'institut.

Accueilli par Julen, l'assistant de la nouvelle légiste, la docteure Ingrid Garmendia, Imanol affublé de la tenue réglementaire, blouse, masque, charlotte et surchaussures pénétra dans la salle d'autopsie à l'odeur éthérée.

— Capitaine, vu le nombre de visites que vous me consacrez depuis ma prise de fonction, je vais croire que vous me draguez, lâcha d'emblée la jeune Doc pourvue d'un sens développé de l'humour.

— Docteure, malheureusement vos clientes ne sont plus très fraîches, si je puis dire ! répliqua Imanol en esquissant un petit sourire à faire fondre la glace dans cette pièce à l'atmosphère rafraîchie et peu amène. Et puis, la suavité de votre parfum semble différée de mon favori, le numéro 5 de Chanel.

En poste depuis quelques mois seulement à l'institut médico-judiciaire de la Côte basque, la docteure Garmendia, une très belle et grande femme, possédait un caractère bien trempé et un esprit propre aux légistes. Le choix de cette spécialité médicale par une personne aussi séduisante surprenait toujours les enquêteurs masculins, souvent du genre macho, peu habitués à se faire renvoyer dans leurs vingt-deux lors de leurs crises récurrentes de testostérone amplifiées par leurs rassurantes artilleries et leurs démarches de justicier.

— Erreur cher Capitaine, nos hôtes sont conservés avec tous les égards dus sans distinction d'origine, de religion ou de sexe, à une température plutôt fraîche. Vous souhaitez rencontrer Madame Charlotte de Larralde, si je ne m'abuse ! Elle occupe la case réfrigérée numéro huit.

— C'est vrai qu'à l'institut, l'habit ne fait pas le moine !

— Au moins en ce lieu les classes sociales sont abolies. Julen, Madame de Larralde a une visite, accompagne-la ! Je vous préviens que la belle et jeune Charlotte a un peu perdu de sa superbe après son bain consécutif à un plongeon mortel de plusieurs dizaines de mètres. Je n'ai pas encore eu le temps de la rendre présentable pour son dernier voyage.

Effectivement, le drap dévoila un corps disloqué à la tête réduite à une bouillie informe. Malgré sa fréquentation courante de l'institut, Imanol resta sans voix devant l'état du cadavre. La docteure Garmendia prit un malin plaisir à faire durer cet intermède silencieux devant le chariot en inox avant d'annoncer ses premières conclusions.

— Femme caucasienne, trente-cinq ans. Multiples fractures, c'est un euphémisme. Trente-huit fractures répertoriées : enfoncement de la cage thoracique, éclatement de la cavité encéphalique, foie et rate explosés, et j'en passe. Un seul signe particulier, le tatouage d'un aigle sur la fesse gauche. Aucune trace de produits stupéfiants, alcoolémie positive pour la conduite se situant entre la contravention et le délit : 0,65 gramme par litre. Pas d'eau dans les poumons, donc décédée avant son court séjour dans l'océan.

— Causes mortelles multiples, la victime n'avait aucune

chance d'en réchapper… et n'avait pas bu que de l'eau plate avant sa baignade impromptue.

— Tout à fait ! Son permis ne risque plus rien de vos services. Toutefois, j'ai gardé le meilleur pour la fin. Charlotte de Larralde n'est pas morte des nombreuses blessures identifiées. Elle a été abattue avant son plongeon d'une balle de 5,56 mm logée dans le cerveau. Voici le petit bijou létal récupéré, cause de son omission de la prise de la courbe sur la Corniche. Très joli tir de précision ! Un trou propre dans l'os frontal en partie gauche. Un véritable travail d'orfèvre !

— Ouais, une balle de 5,56 mm, carabine Remington 222 ou similaire. Au moins, la belle aura évité de se voir faire le saut de l'ange.

— Exact Capitaine ! Par contre, dans les heures précédant sa mort, notre ex-belle était montée aux rideaux.

— Pas seulement avec quelques verres, je présume ! Je vous écoute Docteure.

— Charlotte de Larralde a eu une ou plusieurs relations sexuelles peu de temps avant son décès. Présence de traces de sperme dans son vagin et ses poils pubiens. L'analyse ADN est en cours.

— Docteure, s'il vous reste en magasin quelques infos intéressantes pour l'enquête, je suis preneur.

— Vous savez tout. Bon courage, Capitaine Etcheberry !

— À bientôt Docteure, c'est toujours un énorme plaisir de vous rencontrer.

— Capitaine, vous n'êtes pas mon genre. Je préfère les petits blonds freluquets aux grands bruns musclés, termina Ingrid Garmendia en recouvrant le corps disloqué de feu Charlotte de Larralde.

*

En suivant, Imanol se rendit à Biarritz pour perquisitionner la maison de Charlotte de Larralde à la recherche du moindre indice susceptible d'expliquer son assassinat.

Un intérieur moderne petit-bourgeois, meublé avec soin, parfaitement rangé, accueillit Imanol accompagné de son nouvel adjoint, le lieutenant Sergio Erroitegui, en poste depuis deux mois à la PJ après un séjour de quatre ans d'intégration en Île de France. Dans un cadre posé sur le meuble de la salle à manger trônait la photo d'une très jolie femme souriant à l'objectif pour la postérité, et maintenant pour l'éternité.

— Imanol, pourquoi fixes-tu aussi longtemps ce portrait, lui demanda son collaborateur intrigué, bien qu'il sût l'attirance de son patron pour les jolis minois féminins.

— J'ai vu son cadavre à l'institut. Je ne suis pas du genre sensible. Quand même, cela fait un choc de découvrir la belle au temps de sa splendeur !

— Merde, y'a un petit tiroir fermé à clef dans le secrétaire !

— Calmos, inutile de sortir le pied de biche, je vais lui faire son affaire, annonça Imanol, en crochetant la serrure habilement en quelques secondes pour obliger le récalcitrant à dévoiler son contenu.

— C'est en jouant au rugby que tu as appris la technique !

— En tout cas, pas à l'école de police.

Son inventaire révéla quelques papiers sans importance pour l'enquête et au fond un cliché récent, le selfie couleur d'un couple enlacé, étendu nu et heureux sur un lit défait.

— Oh putain ! Charlotte de Larralde à poil dans un plumard avec un beau mec musclé aux yeux noirs et aux cheveux drus poivre et sel, s'exclama le lieutenant Erroitegui. Canon la meuf !

— D'après ta description, ce n'est pas son ex-mari. Severio Etchebarne est affublé d'une coupe à la Barthès, une magnifique boule à zéro, deux jambons de *Kintoa*[1] comme guiboles et un joli bidon de cuistot.

Après consultation de la photo, Imanol commenta :

— Je confirme. L'homme n'est pas son ex. Reste à mettre un nom sur l'heureux mâle ! Cette photo a été prise dans une chambre d'hôtel. Regarde, le cadre accroché au mur au-dessus du lit, typique des chambres modernes d'établissements étoilés.

— Oui, de plus, typique basque avec cette vue aérienne de la Villa Arnaga de Cambo. Chaîne hôtelière : *Groupe Cigogne* ou *Kampa Hôtel* ? Dans le secteur, ces hôtels se trouvent surtout sur la côte, Anglet, Bayonne, Biarritz, Saint-Jean-de-Luz et Hendaye.

— A priori, pas de tatouage apparent. Cependant, sa tenue légère montre nettement une cicatrice de quelques centimètres au-dessus du pubis. S'il est fiché, voilà un signe particulier très intéressant.

— C'est peut-être l'homme avec qui elle a baisé juste avant sa mort ?

— Effectivement, cette supposition aiderait bien l'enquête et la reconstitution de l'emploi du temps de ses dernières heures. Demain, nous connaîtrons le résultat du test ADN[2] du sperme récupéré sur Charlotte de Larralde.

---

1 Porc basque

2 Acide désoxyribonucléique

Avant de quitter l'antre de la défunte, les deux officiers de la PJ saisirent un ordinateur portable, divers supports informatiques de sauvegarde, plus quelques papiers, carnets, courriers, cartes de visite, pouvant se révéler utile pour l'enquête.

— Notre priorité : identifier le gonze et découvrir le lieu de la photographie. Tu m'épluches tout ce fatras. Qui sait ! décida Imanol. Je me rends au garage pour l'examen de la carcasse du bolide de Charlotte.

2 – Le combat

Le week-end se levait sur l'hôtel de police de Bordeaux à la carcasse de béton parfaitement intégrée dans le style minéral et déshumanisé du quartier Mériadeck, typique des années soixante-dix. Pour une fois, le vendredi soir s'annonçait calme. Vêtu de son éternel blouson en cuir brun, le commissaire Max Grabowski, chef d'une unité de la brigade criminelle, devisait tranquillement avec le seul élément féminin de son équipe, la capitaine Malaury Besnier, dite Malou, une jolie trentenaire élancée aux cheveux bruns mi-longs. La parité restait encore une notion floue dans les services rattachés au ministère de l'Intérieur.

— Qu'as-tu prévu Max pour ton week-end ? s'enquit Malou.

— Je vais profiter du beau temps pour faire une randonnée en montagne.

— Dans quel coin ?

— Dans le secteur du pic du Midi d'Ossau. Départ du parking du lac de Bious-Artigues pour en faire le tour.

— Super ! J'y suis allée deux ou trois fois. Magnifique site des Pyrénées aux lacs d'un vert profond dominés par le pic majestueux !

— Pour sûr ! Et toi Malou ?

— Je participe à un gala de boxe dans les Landes.

— Tu combats ?

— Oui, je suis engagée. Je rencontre une boxeuse basque espagnole.

— J'espère que lundi matin tu ne nous reviendras pas avec la bouche de travers et un œil au beurre noir !

— Moi aussi ! Mon adversaire a la réputation d'une teigneuse et possède un joli palmarès : dix-huit combats, seize victoires, un nul, une défaite.

— Le tien est pas mal également !

— Huit combats, un nul, une défaite et six victoires. Max, à lundi, tchao !

Malou récupéra sa Golf cabriolet blanche garée dans le parking souterrain de l'hôtel de police et quitta rapidement le quartier de Mériadeck pour rejoindre son appartement situé dans un petit immeuble de Pessac.

Dès son arrivée, elle contacta une copine :

— Bonjour Ludivine, c'est Malou. Tu souhaitais me voir combattre à l'occasion. Je participe à un gala de boxe dans les Landes samedi soir, à Vieux-Boucau. Veux-tu venir ?

— Dommage, je suis coincée sur Bordeaux ce week-end. J'assure la permanence en tant qu'avocate commise d'office au palais de justice de Bordeaux.

— Pas de chance pour toi avec le magnifique soleil attendu ! Bon travail Ludivine ! Prends soin de toi ! On se fera un petit resto la semaine prochaine, si mes filatures me le permettent.

— D'accord Malou !

☆

Depuis la résolution de l'affaire[3] quelques mois plus tôt

---

3 Cf. le polar « Quais maudits sur Garonne » de Chris Ravéri

de la disparue des quais de la Garonne à Bordeaux, Malou était devenue copine avec Ludivine.

Étant toutes deux des trentenaires célibataires plutôt indépendantes, les jeunes femmes se voyaient régulièrement pour boire un verre, partager un restaurant, aller au cinéma. Ludivine resterait éternellement reconnaissante à Malou pour son empathie dans cette affaire sordide, pendant cette dure période hors du temps. Très touchée par le noir destin prévu pour la victime, Malou fut séduite par la résilience de Ludivine après une telle épreuve. Celle-ci se reconstruisait peu à peu et prenait plaisir dans son nouvel emploi, avocate dans un cabinet de Caudéran spécialisé dans les divorces et les chiens écrasés. Malgré les apparences, Ludivine conservait encore des séquelles de sa détention. Le soutien apporté par Malou restait précieux.

✯

Malou arriva à la bourre au gala de boxe féminine, organisé par le Boxing-club de l'Albret sous un chapiteau installé à proximité des arènes de la station balnéaire landaise. Heureusement, son combat se trouvait programmé en troisième position. L'inquiétude de son entraîneur retomba lorsqu'elle déboucha en tenue des vestiaires.

Autour du ring rouge trônant au centre de l'enceinte sablée, deux cents spectateurs se pressaient : connaisseurs et touristes français et espagnols mélangés. Les deux premiers affrontements remportés haut la main par les boxeuses basques du Donostia Boxing-club laissèrent les spectateurs tricolores sur leur faim. Quelques sifflets jaillirent de ci et de là dans les gradins rustiques en bois. La bronca guettait les sportives du club landais. Un paquito improvisé ne viendrait assurément pas récompenser la prestation des Aquitaines. Après cette entame calamiteuse des boxeuses françaises, Malou ressentit encore plus la pression sur ses épaules avant de monter sur le ring. De plus, invitée par le club local organisateur, elle devait honorer de la meilleure des façons son engagement et redorer les couleurs tricolores. Après les dernières recommandations d'usage et encouragements de son coin, Malou se retrouva présentée avec son adversaire sous les vivats et huées mélangés du public.

— Troisième combat ! En catégorie poids coqs, en trois rounds de trois minutes, à ma gauche en bleu, Malou Gratien du Bordeaux Boxing Garonnais contre à ma droite en rouge, Arantxa Jimenez du Donostia Boxing-club, annonça l'animateur au micro relayé par des haut-parleurs perturbés par un peu de friture et quelques effets de Larsen.

Par discrétion en rapport à sa carrière dans la police, la capitaine Malaury Besnier devenait Malou Gratien sur le ring, du nom de jeune fille de sa mère.

— Malou Gratien, huit combats, six victoires dont une par K.O, un nul et une défaite. Arantxa Jimenez, dix-huit combats, seize victoires dont quatre par K.O, un nul et une défaite. Applaudissez bien fort les deux combattantes ! hurla le chauffeur de salle pour faire monter l'ambiance plombée par les défaites françaises.

L'arbitre lâcha les deux boxeuses. Fidèle à son habitude, l'Espagnole se précipita sur son adversaire pour l'acculer d'entrée dans les cordes. Dotée d'une allonge supérieure, Malou réussit à endiguer la furia de son opposante et à tenir le centre du ring. Dans ce match intense et équilibré, Malou cueillie par un uppercut récupéra vite et mit à son tour la

Basque en difficulté.

Au bout des trois rounds, chaque entraîneur annonça à sa protégée :

— Tu as gagné, c'est sûr, bravo !

Finalement, sous les invectives de la salle et les sifflets de chaque camp, l'arbitre déclara le match nul. Des noms d'oiseaux et d'autres insultes fusèrent dans un mélange cacophonique de français, espagnol et basque. La buvette attendait tous ces mécontents pour les réconcilier autour de quelques verres de bière ou de vin.

Malou gagna les vestiaires des arènes proches pour prendre une bonne douche réparatrice. Dans la salle, quatre pommeaux alignés le long du mur décrépi attendaient. Elle accrocha son peignoir et sa serviette de bain à une des patères et se glissa sous la dernière pomme. Malgré toutes ses tentatives de réglage du mitigeur, une eau glacée coula sur sa peau ruisselante de sueur et lui donna la chair de poule.

La porte s'ouvrit. Son adversaire du soir s'avança dans la pièce d'eau.

— Ça ne te dérange pas si je prends ma douche en même temps que toi, demanda-t-elle dans un français parfait juste teinté d'un petit accent d'outre-Pyrénées.

— Pas de problème, j'ai déjà vu une nana à poil, rétorqua Malou avec un sourire malicieux. Tu parles bien le français !

— Je suis trilingue, basque, espagnol et français. J'habite à proximité de la frontière. Nous avons beaucoup de clients français, répondit Arantxa en déposant son peignoir et sa serviette et en se glissant sous l'eau glacée.

— Pour l'eau chaude, tu repasseras ! Option non prévue au contrat, seule la froide fonctionne, précisa Malou.

— OK, merci.

Malou s'aperçut que la jeune Arantxa reluquait sa plastique, plus digne de celle d'une mannequine que d'une adepte de boxe anglaise : grande, svelte, brune aux yeux marron clair, à la poitrine ferme et avec des jambes fuselées.

— Malou, t'es une sacrée combattante !

— Merci, toi aussi Arantxa !

Arantxa Jimenez était une femme plus petite que Malou, aux cheveux courts noirs avec un corps musclé, à la poitrine lourde légèrement tombante aux longues pointes épaisses saillantes sous l'effet de la température de l'eau, au bassin assez large posé sur des cuisses puissantes.

Malou rigola intérieurement. L'Espagnole, la draguait-elle ? Cette situation l'amusa. D'habitude, les hommes lui couraient après et les femmes la regardaient de travers de peur qu'elle ne dévergondât leurs mâles. N'étant pas bisexuelle, Malou n'éprouvait aucun désir pour ses consœurs.

— Si ça te dit, on peut prendre un verre après ? proposa Arantxa.

Malou réfléchit rapidement. Que risquait-elle ? Hors du ring, son adversaire paraissait sympathique. Celle-ci ne lui avait pas gonflé la tête avec quelques phrases entendues maintes et maintes fois dans les salles de boxe, du genre : *je suis une battante, je déteste perdre, je ne lâche jamais rien, je vais tout donner.*

— D'accord, dans vingt minutes au *Bar des Arènes*, acquiesça Malou.

Les deux jeunes femmes en jean et tee-shirt s'installèrent

à une table en inox sur la terrasse protégée des intempéries par un auvent.

— Que bois-tu ? demanda Malou.

— Une bière.

— S'il vous plaît, deux pressions, lança Malou au jeune serveur boutonneux.

Tout en trinquant, elles se promirent une revanche.

— Que fais-tu comme boulot ? se renseigna Arantxa.

— Je bosse dans un hypermarché. Je mets les produits en rayon, mentit avec élégance Malou pour protéger sa vie professionnelle.

— Et toi ?

— Je suis secrétaire comptable dans le garage de mon mari. On travaille en famille avec nos deux fils.

— Tu les as eus jeune !

— Le premier à seize ans, le second à dix-huit. J'ai trente-sept ans maintenant. Et toi, as-tu des enfants ?

— Pas du tout, je ne suis pas mariée. La liberté avant tout.

Tout en semblant envier l'indépendance de Malou, Arantxa sortit de son sac à main un paquet de cigarettes blondes.

— Tu fumes, demanda-t-elle en présentant à Malou le paquet.

— Non, aucun défaut, enfin presque, ironisa celle-ci. Et puis, mes collègues m'enfument suffisamment. Je n'ai même pas besoin d'acheter des clopes.

— Tu sais, le paquet ne coûte pas cher, poursuivit Arantxa.

— En France, il vaut au moins dix euros. Ce n'est pas donné.

— Les miennes, quatre euros le paquet.

— Pourtant, mes collègues les achètent à sept euros lorsqu'ils se ravitaillent en Espagne.

— C'est le prix officiel dans un bureau de tabac. Si ça t'intéresse, je peux t'en céder plusieurs cartouches à quatre euros le paquet, proposa Arantxa en confiance.

Malou perçut qu'Arantxa Jimenez revendait des cigarettes de contrebande. Son ADN de flic reprit aussitôt le dessus. Quelle belle occasion de mettre fin à un trafic de cigarettes venait de lui donner son adversaire du jour !

— Écoute, je vais t'en prendre une cartouche pour mes collègues, annonça Malou naturellement.

— Combien te dois-je ?

— Quarante euros pour la cartouche. Après tu m'accompagnes à ma voiture. J'ai du stock dans mon coffre.

— Tu n'as pas peur de te faire prendre avec cette marchandise ?

— Tu sais ! J'ai très peu de chance de me faire arrêter. Les contrôles sont rares. La douane volante s'intéresse rarement à une simple berline pilotée par une jeune femme.

Malou et Arantxa gagnèrent le parking des arènes. Le coffre d'une Seat Leon recélait sous une vieille couverture à l'odeur de chien mouillé une dizaine de cartouches de cigarettes à l'effigie de la marque du cow-boy.

La Basque en glissa une discrètement dans une poche en plastique et la remit à Malou contre deux billets de vingt euros.

— Merci Arantxa, à bientôt ! lâcha Malou un peu taquine.

Dans ce propos ambigu se mêlaient l'envie de remettre

les gants contre Arantxa Jimenez et la mise hors d'état de nuire d'un réseau de trafiquants de tabac. Leur prochaine rencontre se déroulera-t-elle sur un ring ou dans un bureau tristounet d'un local de police ?

— Si tu as besoin, tu possèdes mes coordonnées, précisa Arantxa.

— Pas de problème ! À bientôt pour la revanche !

Les deux jeunes femmes se firent la bise et se quittèrent comme deux bonnes copines.

Avant de démarrer, Malou nota sur son téléphone portable l'immatriculation et le modèle du véhicule de la jeune Espagnole, puis elle prit la direction de son domicile de Pessac.

3 – L'enquête

Le lundi, Malou informa Max de la proposition d'Arantxa Jimenez relative au trafic de cigarettes.

— Très intéressant, je vois avec Alex la suite à donner.

Max grimpa chez son patron, l'Alsacien Alexis Kellner, commissaire divisionnaire et chef de la brigade criminelle de Bordeaux. Malgré leurs caractères dissemblables et leurs origines différentes, dix ans de collaboration à dénouer les turpitudes humaines avaient établi entre les deux hommes une confiance absolue.

— Voilà une superbe occasion d'infiltrer un réseau international de trafiquants de cigarettes. Justement, les douanes multiplient les prises et les arrestations, mais seulement des revendeurs et des seconds couteaux. Là, il semble possible de coincer la tête de réseau, indiqua Alexis.

— Malou est prête à jouer ce rôle risqué. J'ai essayé de la dissuader, une vraie tête de mule !

— La connaissant, je n'avais aucun doute sur son engagement. Très remontés contre les augmentations récurrentes des cigarettes, les buralistes font le siège de la préfecture pour demander une intensification de la lutte contre cette contrebande mettant encore plus en péril leurs commerces fragilisés. Surtout à proximité de la frontière espagnole, sur Bordeaux et le Bassin d'Arcachon. Et ne parlons pas des taxes non perçues par l'État, lequel est constamment à la recherche de devises pour renflouer les comptes publics.

— Si la rencontre est montée, la revanche se fera au Pays basque espagnol, précisa Max légèrement inquiet de lâcher son unique partenaire féminine à l'étranger dans la gueule du loup sans arme, ni protection.

— Je vais rencontrer le procureur pour obtenir l'autorisation de mener cette enquête inhabituelle. Je te tiens au courant rapidement, conclut Alex.

— Par sécurité, le capitaine Kevin Daruiz étant d'origine basque, je l'enverrai jouer au supporter français.

— Excellente idée, Max ! Sans arme de service, bien évidemment !

— Tout à fait Alex ! Évitons tout incident diplomatique… qui mettrait en péril notre enquête et la collaboration entre nos polices.

4 – *Chantaco*

Le divorce entre Charlotte et Severio Etchebarne ne coula pas comme un long fleuve tranquille. Lors de la première audience de conciliation, aucun compromis acceptable par les deux parties ne fut trouvé. Le contentieux entre les époux ne portait point sur un refus de la séparation, mais sur le partage des biens suite au régime matrimonial choisi par les époux, la communauté aux acquêts.

Finalement, grâce au travail des avocats, un arrangement de dernière minute permit d'éviter à la procédure de s'éterniser devant le tribunal. Le mari récupéra l'intégralité des parts du restaurant gastronomique biarrot *Chantaco* et son épouse devint l'unique propriétaire de la résidence de l'ex-couple.

Est-ce que cet arrangement en apparence équilibré pouvait sceller une inimitié telle entre les divorcés, que celle-ci débouchât sur un assassinat programmé ?

D'après la fiche de renseignement, le restaurateur passait surtout pour un adepte des salles de jeux, mais pas pour un des armes à feu. L'assassinat de Charlotte de Larralde d'une balle de 22 mm long rifle lâchée à une distance de cent mètres relevait d'un tireur aguerri. Un contrat avec un tueur pouvait avoir été conclu pour son élimination. Mais, pourquoi ?

Le capitaine Etcheberry reposa la fiche du chef du *Chantaco*.

— Sergio, je t'emmène déjeuner au *Chantaco*.

— Toi, tu as une idée en tête !

— J'en ai marre de bouffer les sandwichs insipides du bougnat d'à côté. Ce resto possède la réputation d'être une excellente table, deux bips gourmands au Go et Milo. Une vérification s'impose… et qui sait ?

Une demi-heure plus tard, la berline banalisée de la PJ se rangeait à proximité de l'établissement de Severio Etchebarne situé dans un écrin de verdure sur les hauteurs de Biarritz. Le parking étalait une exposition de modèles récents allemands haut de gamme, apanage d'une clientèle très éloignée des fins de mois difficiles et des restos du cœur.

Une élégante hôtesse au sourire carmin et cheveux sages les accueillit comme s'ils faisaient partie de ceux possédant leur rond de serviette à l'effigie du *Chantaco*. Installés à une table idéalement placée dans un coin de la salle au design ultramoderne aux coloris flashy, les deux policiers pouvaient surveiller discrètement les allées et venues du personnel et des clients.

— Bonjour Messieurs ! annonça d'un air cérémonieux le maître d'hôtel en costume trois-pièces anthracite rehaussé d'un nœud papillon bordeaux porté sur une chemise blanche à col cassé en leur remettant la carte des réjouissances papillaires.

Dans un ballet réglé comme une horloge comtoise, une jeune serveuse déposa sur la table couverte d'une nappe immaculée et de porcelaine décorée du logo du maître de maison, un plateau d'argent avec quatre tentantes verrines.

— En guise de mise en bouche, émincé de foie gras poêlé au piment d'Espelette et huître chaude au sabayon effervescent, déclama le maître d'hôtel tel un acteur de théâtre devant un parterre acquis à sa cause. Messieurs, prendrez-vous un apéritif ?

— Deux Akerbeltz blondes, décida Imanol sans concerter son jeune collègue, amateur également de sirop de houblon.

— Avec plaisir, excellent choix ! commenta avec obséquiosité le maître d'hôtel formé à l'école hôtelière de Biarritz.

Les autres convives trinquaient plutôt avec des bulles d'Épernay ou du pur malt *Bottled in Scotland*[4].

— Qu'en penses-tu Sergio ? En entrée, noix de coquilles Saint-Jacques au risotto crémeux avec une bouteille de chardonnay d'Anjou, appétissant !

— T'as vu le tarif ! Ce plat coûte déjà plus cher que nos frais journaliers de déplacement.

— Écoute, on s'en fout ! Parfois, il faut savoir joindre l'utile à l'agréable. Je t'invite.

— D'accord, mais je paye ma part.

Un convive, connu de l'ancien deuxième ligne, sponsor de longue date de l'Aviron Bayonnais, salua Imanol d'un discret signe de tête affable.

— Le mec qui vient de me saluer, je l'ai connu sur les terrains et coffré lors d'une enquête sur un trafic de Cam qui lui a valu un petit passage à l'ombre.

— Il n'a pas l'air rancunier.

— Méfie-toi, c'est une teigne de première !

---

4 Embouteillé en Écosse en langue anglaise

Tous les plats du déjeuner ravirent les palais des deux enquêteurs plus habitués aux jambons-beurres et aux pizzas. La réputation du restaurant n'était pas surfaite. Après le suave arabica pur commerce équitable en provenance directe des hauts plateaux péruviens selon la carte, le chef tout en rondeur aux cuissots en forme de jambon de Bayonne, en tablier blanc rehaussé au niveau du col d'un discret liseré vert et rouge, sortit de sa cuisine. Après chaque service, le restaurateur honorait de sa présence ses clients et s'enquérait de leur bien-être après leur promenade gustative. Lorsque Severio Etchebarne aperçut le double-mètre d'Imanol Etcheberry et son nouvel adjoint, attablés dans un angle de sa salle à manger, il abrégea les compliments de circonstance aux autres convives et se dirigea vers ses deux clients inhabituels.

— Bonjour Messieurs, j'espère que le déjeuner vous a convenu. Mais, je suppose que votre visite ne se résume pas seulement à une étape gastronomique.

— Monsieur Etchebarne, en effet, nous avons quelques questions à vous poser dans le cadre de l'enquête en cours sur la tragique disparition de votre ex-épouse, rétorqua Imanol le regard rivé dans les yeux brun foncé de l'hidalgo déchu au crâne luisant.

— Veuillez me suivre jusqu'à mon bureau, nous serons plus tranquilles pour converser. Aurélie, vous pouvez apporter trois cafés et une bouteille d'Izarra verte !

Sitôt ses invités installés dans de profonds fauteuils en cuir tabac autour d'une table basse en bois exotique, le restaurateur se lança :

— Suite à ce fâcheux accident qui a amené la mort de Charlotte, je ne vois pas en quoi je pourrais vous être utile.

— Bien entendu Monsieur Etchebarne. Vous n'êtes pas sans savoir que votre ex-femme transportait dans son véhicule un stock de cigarettes de contrebande et que son sac à main recelait quelques fausses coupures.

— Oui évidemment ! La presse l'a évoqué et en a même fait des choux gras. Un quotidien a même publié un article avec le titre suivant : L'ex-épouse du chef du *Chantaco*, contrebandière et faussaire ? D'ailleurs, j'ai immédiatement déposé une plainte en diffamation.

— Je suis au courant. Cependant, d'autres éléments troublants sur les activités de votre ex semblent vous avoir échappé, lâcha Imanol. Madame se promenait avec un semi-automatique chargé sans port d'arme. Ce n'est pas tout. Charlotte n'est pas morte noyée.

Volontairement, Imanol laissa un silence s'établir avant de poursuivre tout en scrutant la moindre variation des traits pâles de son interlocuteur. Suite à cette révélation, Severio Etchebarne ne cilla pas et resta coi.

— Du temps de notre union, jamais Charlotte n'a touché une arme. Elle n'aurait pas fait de mal à une mouche. Elle refusait même d'écraser les araignées sous prétexte que celles-ci jouaient un rôle majeur dans la régulation des insectes. De quoi serait-elle décédée en dehors d'une telle chute ?

— Parfois, on croit bien connaître son conjoint. Votre ex-femme a été abattue d'une balle en plein front.

Le chef se tassa sur son siège et prit sa tête entre ses mains tremblotantes, terrassé par une émotion non feinte ou un excellent jeu de comédien.

— Capitaine… Pourquoi ? Qui l'a tuée ? bredouilla-t-il d'une voix éteinte, les yeux humides nimbés d'un voile de tristesse.

— On trouvera l'assassin. Je vous l'assure Monsieur Etchebarne, déclara Imanol touché par la sincérité apparente de la réaction du restaurateur.

5 – Piztia

À la demande du procureur de la République de Bayonne, le commissaire Patrick Gorretcha se rendit au siège du Parquet.

— Je voulais vous entretenir d'un problème récent signalé par le directeur de l'antenne économique de Bayonne de la Banque de France. Une recrudescence de paiement avec des faux billets de vingt ou cinquante euros sévit actuellement dans un secteur reculé du Pays basque intérieur.

— Monsieur le Procureur, quel lieu précisément ?

— Saint-Étienne-de-Baïgorry, la vallée des Aldudes, Saint-Jean-Pied-de-Port. Plus quelques coupures écoulées du côté de Cambo et Saint-Palais, ainsi qu'au Pays basque espagnol.

— Zone très ciblée, effectivement. Des fausses coupures de deux cents euros trouvées dans le sac à main de la victime de l'accident provoqué de la route de la Corniche, des fausses coupures de vingt et cinquante euros au Pays basque intérieur. Un lien existe sûrement entre ses deux faits. Je ne crois pas au hasard.

— C'est exactement ce que j'attends de vous, Commissaire ! Normalement, je devrais confier cette nouvelle affaire à la gendarmerie. Mais, votre excellent collaborateur chargé de la première enquête, le capitaine Imanol Etcheberry, devrait rapidement trouver ce lien.

— Tout à fait Monsieur le Procureur ! Je pressens un atelier de fausses monnaies installé au Pays basque intérieur à proximité de la frontière.

Dès sa sortie du Parquet, le commissaire Gorretcha contacta le capitaine Imanol Etcheberry :

— Le Proc m'a demandé d'enquêter sur un trafic de fausses monnaies touchant le Pays basque, centré en grande partie sur Saint-Étienne-de-Baïgorry et la vallée des Aldudes.

— Je vois. À nous de découvrir l'antre des faussaires en lien avec l'assassinat déguisé de Charlotte de Larralde et le trafic de fausses cigarettes, conclut Imanol satisfait de cette annonce capable de faire avancer l'enquête en cours.

☆

Col d'Ispéguy, la bergerie de Pantxoa Ithurbide, surnommé Piztia par toute la vallée, était en effervescence. Les deux patous avaient grogné et aboyé plusieurs fois durant la nuit précédente. Réveillé par les aboiements, le berger à la lueur d'une torche électrique n'avait rien découvert, sinon un affolement anormal dans son troupeau de brebis.

Au petit matin, Piztia comprit. Deux brebis gisaient en contrebas d'une barre rocheuse, mortes suite à leur chute avec des traces de crocs sur les flancs. L'éventration des bêtes semblait relever a priori d'un chien errant. L'ours ne sévissait plus dans cette contrée de la vallée des Aldudes depuis Mathusalem[5].

---

5 Personnage biblique qui aurait vécu 969 ans

Suite à l'appel de Piztia, le Dacia Duster de la brigade de proximité de la gendarmerie atteignit avec quelques difficultés le chemin muletier permettant d'accéder après une demi-heure de marche à cette bergerie isolée, située en lisière d'une forêt de hêtres et de pins à huit cents mètres d'altitude, adossée côté français à la frontière franco-espagnole. La vue magnifique s'étendait sur la vallée des Aldudes. Le col d'Elhorrieta se dessinait à quelques centaines de mètres, dominé par le pic d'Elhorrikokaskoa. À perte de vue, les pacages occupés par un troupeau de plusieurs centaines de brebis Manech à tête noire aux longues cornes et de quelques chèvres Pirenaika complétaient le paysage bucolique et la sérénité du site.

Les gendarmes connaissaient parfaitement l'homme. Celui-ci était loin d'être un enfant de chœur. Son surnom basque signifiait en français, la Bête. Et, Piztia le portait allégrement, malgré sa soixantaine bien entamée. Râblé comme un pottock[6], un bon quintal de muscles et de graisse réparti sur une hauteur d'un mètre soixante-dix. Ancien membre de l'équipe de force basque de Saint-Étienne-de-Baïgorry, Piztia était un spécialiste du lever de ballots de paille, le *lasto altxatzea,* et du porté de bidons, le *untziketariak.*

La première épreuve consistait à hisser le plus grand nombre de fois en deux minutes une botte de paille de quarante-cinq kilos au bout d'une corde à l'aide d'une poulie à huit mètres de haut. Dans la seconde, le concurrent devait porter un bidon de quarante et un kilos dans chaque main sur la plus longue distance.

6 Petit cheval basque

Inutile de préciser que ce genre d'exercice n'était pas réservé aux mauviettes. Il valait mieux être habitué aux travaux de force, posséder des gros bras, des mains comme des battoirs, des cuisses de *Kintoa*, un excellent gainage, ainsi qu'un cœur solide !

À l'époque de sa jeunesse, Piztia détenait le record de ces deux jeux de force basque. Son seul produit dopant entièrement naturel, presque bio, se nommait irouleguy. Piztia fréquentait plus que de raison le *Café Oylarandoy* à Irouleguy, ainsi que quelques autres de la vallée, et avalait force verres de ce rouge basque nerveux et aromatique.

Pas un mauvais bougre, un pur Basque au caractère ombrageux, fort comme un roc, toujours prêt à en découdre malgré ses soixante balais révolus. Évidemment, sa vie isolée et retirée de ses semblables durant la majeure partie de l'année au contact de brebis et de chèvres à côté de chiens fidèles du genre taiseux ne contribuait pas à la communication et au développement du relationnel.

Piztia attendait patiemment les deux gendarmes, campé solidement devant l'entrée de son *cayolar*[7], un de ses patous couché négligemment à ses pieds, l'œil aux aguets.

L'homme parlait couramment le français, mais il se fit un malin plaisir à converser exclusivement en basque avec l'adjudant-chef Patxi Estérençuby originaire d'Ascain.

Pas de chance pour le jeune gendarme l'accompagnant dans sa visite à la bergerie ! Né en Normandie, en poste depuis peu à la brigade de Saint-Étienne-de-Baïgorry, son chef devra lui relater l'entretien.

— Alors, les Bleus ont fait de l'exercice, attaqua

---

7 Bergerie en langue basque

d'entrée le lascar la main droite sur le béret, rebelle depuis toujours à l'autorité, réputé pour régler ses différends aux poings et les terminer devant un coup de rouge, au cas où son adversaire le pût encore.

— *Egun on*[8] Piztia, tu nous montres les cadavres de tes pauvres bêtes, répondit l'adjudant-chef habitué depuis une décennie au persiflage caustique du berger envers les militaires.

Piztia guida les deux représentants de la maréchaussée en bas d'une petite barre rocheuse située à proximité.

— Attention les Bleus à ne pas glisser ! Vous risqueriez de salir vos uniformes et d'abîmer vos gilets pare-balles.

Les gendarmes ne relevèrent pas l'ironie de leur hôte et examinèrent les carcasses avec attention.

— Je ne suis pas un spécialiste, mais c'est clair que tes brebis ont été attaquées par un canidé. Les traces de crocs sont nettes. Un garde du service des Eaux et Forêts viendra confirmer notre constatation dans la journée, annonça l'adjudant-chef satisfait de sa conclusion.

— La bestiole a eu de la chance ! La nuit, j'ai toujours mon douze à portée de main.

— Piztia, as-tu entendu parler des faux billets qui circulent dans la vallée ?

— Vaguement !

— Si t'apprends quelque chose, fais-moi signe !

— Moi, je m'occupe de mes bêtes. Le reste…

Pendant le trajet retour, Patxi Estérençuby mit au jus son collègue impatient de connaître la teneur de la conversation partagée avec Piztia.

---

8 Bonjour en langue basque

— Pas très causant notre berger ! Il nous sert d'indic, parfois. Enfin, faut mieux se méfier, le gus peut être franc du collier comme un âne qui recule. La compagnie exclusive des patous, des brebis et des chèvres a laissé quelques traces et son allergie à l'autorité fait le reste. Sa bergerie a été mise aux normes sanitaires européennes pour pérenniser la fabrication des fromages. Elle possède l'électricité grâce à un groupe électrogène et des panneaux solaires, plus l'eau courante à partir d'une source.

— Comment se fait-il que le chemin d'accès n'ait pas été réalisé jusqu'à la bergerie ? se renseigna le jeune gendarme encore bercé par les illusions des débutants.

— Mystère ! Toutefois, cette situation arrange les gens du coin. La contrebande est un sport local aussi populaire que la pelote, et ce depuis des siècles.

*

Imanol prit la route de Saint-Étienne-de-Baïgorry. Depuis toujours, ce coin sauvage de la province basque française de Basse-Navarre, coincé entre des territoires espagnols, l'attirait. Après avoir longé la Nive, à Saint-Martin-d'Arossa, il bifurqua sur la D 948. Huit kilomètres plus loin, la porte d'entrée de la vallée des Aldudes, le bourg de Saint-Étienne-de-Baïgorry se nichait au pied du col d'Ispéguy au bord de la Nive des Aldudes, affluent de la Nive.

Après un bref arrêt auprès de l'adjudant-chef Patxi Estérençuby à la brigade de gendarmerie du bourg intégré dans le canton Montagne Basque, il aborda les premiers lacets du col d'Ispéguy en direction du Pays basque espagnol. Au sommet, il gara sa Renault Mégane banalisée sur le parking désert des *ventas*[9]. Puis, équipé de sa tenue de randonneur et de solides chaussures de montagne, Imanol s'engagea sur le chemin escarpé menant au col d'Elhorrieta. Au bout d'une bonne heure de marche, irisé par un pâle soleil et ventilé par un vent d'ouest, le *cayolar* de Piztia se détacha à flanc d'une colline herbacée où paissaient des brebis et quelques chèvres.

Un homme hirsute, aux cheveux drus gris, béret basque vissé sur la tête, les yeux fixés sur le randonneur, se tenait devant l'abri en pierre entouré de ses deux patous à l'affût.

— *Egun on* Piztia, tu me reconnais ?

— Tu me prends pour un agneau de lait ! Imanol, le fils de mon compère Miguel. Tu t'intéresses aux brebis à poils laineux maintenant ?

— Tu sais, je suis en permanence à la recherche de brebis égarées pour les ramener sur le droit chemin.

— Ou en cage ! Et le vieux, comment va-t-il ? Y'a une éternité que je ne l'ai pas vu arpenter nos contrées.

— Mon père, il a bien baissé. Il sort peu de chez lui.

— Évidemment, ton père ne possédait pas ton niveau en rugby. On s'en est mis des mandales… et pas des simulées comme au catch. Le bougre n'était pas en reste quand les mêlées partaient en vrille. À l'époque, t'avais pas la VAR[10], tu pouvais avoiner tranquille sans que le match dégénère en un jeu vidéo !

— Piztia, ça a bien changé ! Ses revers de main ne servent plus qu'à écarter les mouches et à réclamer sa soupe.

---

9 Établissements espagnols de restauration et de vente de produits

10 Assistance vidéo à l'arbitrage

— Chienne de vie ! Entre dans la cabane, tu vas goûter un peu de fromage avec un bon gorgeon d'irouleguy.

— Ce n'est pas de refus. Toujours aussi raide pour atteindre ton *cayolar*... Ouais ! Faïence, inox, la fée électrique ! Ta cahute ressemble à un véritable labo !

Tout en remplissant à ras bord deux grands Duralex du fameux cru basque, Piztia rétorqua :

— Bah ! La mise aux normes, l'Europe quoi. Autrement, tu ne peux plus fabriquer du fromage artisanal ! Tout doit être aseptisé, plus lisse que la peau des fesses d'une donzelle. Putain ces fonctionnaires, ce qu'ils peuvent nous faire chier ! Avec leurs *mi et quart de crobes*, leurs normes à la con, ils seraient capables de te foutre la migraine et de faire passer un Ossau-Iraty[11] ou un Urepel[12] pour une amanite phalloïde !

— Piztia, je te rappelle que j'en suis un !

— T'as mal tourné. De plus, poulet ! Enfin, heureusement, t'es le fils de Miguel. J't'ai connu petit quand tu supportais ton père et que tu te demandais pourquoi la balle était ovale… Imanol, t'es quand même pas monté jusqu'ici seulement pour évoquer les temps révolus et t'extasier devant l'inox et les panneaux solaires des contraintes européennes !

Imanol fouilla dans sa veste et posa sur la table en bois encombrée d'une grosse miche de pain artisanal et d'un cubitainer de vin rouge du pays, une coupure de cinquante euros.

— Voilà ce qui m'amène vers toi !

---

11 Fromage au lait de brebis d'AOP du Pays basque

12 Fromage au lait cru de brebis de la fromagerie d'Urepel

— Je savais bien que tu te fichais des Manechs et des Pyrenaikas… Les Bleus de Saint-Étienne-de-Baïgorry sont passés récemment. Tu les aurais vus, harnachés comme pour partir en guerre, gilet pare-balles et tout un attirail à la *Rambo !*

— Je suis au courant. T'as pas été très loquace. Les gendarmes n'ont rien obtenu de toi.

— Écoute Imanol, tu me connais. Je suis loin d'être fan de ces Bleus-là. Et puis, l'adjudant-chef, un Basque d'Ascain, s'est pointé avec un jeune blanc-bec nourri au lait de Normandie et au cidre industriel. Alors moi, bouche cousue devant les étrangers ! Je n'suis pas un délateur.

— Tu n'as pas changé, toujours attaché aux traditions et au terroir. La preuve, ton engagement passé dans les jeux de force basque et ton métier pastoral.

— Si historiquement, les Basques ne s'étaient pas battus pour conserver leur langue et leur culture ! Rappelle-toi cette chasse aux sorcières en Labourd avec ce fourbe d'inquisiteur envoyé par le roi de France, Pierre de Lancre[13]…

— Halte-là mon ami, les *akelarres*[14], l'inquisition et ses pratiques sont bien loin, heureusement ! Revenons plutôt à mon billet ! On retrouve pas mal de cette monnaie de singe de Cambo à Saint-Jean-Pied-de-Port… et dans la vallée des Aldudes.

Piztia fixa pendant quelques secondes le billet, puis déclara les yeux ancrés dans ceux d'Imanol :

— Irouleguy, *Café Oylarandoy.*

---

13 Magistrat bordelais ayant sévi en 1609 en Labourd

14 Lieux mythologiques basques où les sorcières célèbraient leurs rituels

— Un peu tripot clandestin, poker ?

— Peut-être !

— Merci beaucoup Piztia !

— Tiens, avant de redescendre, goûte-moi cet autre irouleguy de derrière les fagots et glisse dans ta besace ces deux morceaux de fromage de brebis. Salue le vieux de ma part !

— Je n'y manquerai pas.

Imanol avala d'un trait le breuvage à la robe quasiment noire servi par Piztia.

— Il a de la cuisse, plus de la culotte ton rouge !

— T'as perdu l'entraînement ! Avant, les flics carburaient sec.

— Oh… encore une légende bien ancrée dans l'imaginaire collectif. À une prochaine et merci pour le fromage ! *Agur*[15] Piztia.

— *Kaixo*[16] Imanol !

☆

Dès le réseau retrouvé, Imanol remarqua sur son portable un appel de la docteure Garmendia. Il la rappela aussitôt.

— Chère Docteure, je vous écoute.

— Capitaine, je ne vous apprendrai rien en vous confirmant que l'ADN du sperme correspond à un profil masculin.

— Merci pour cette info. Je reconnais bien votre face taquine.

---

15 Au revoir en langue basque

16 Salut en langue basque

— L'ADN analysé existe dans le fichier, toutefois son possesseur n'a pas été identifié à ce jour.

— Depuis quand figure-t-il au fichier ?

— Depuis peu, il a été isolé récemment sur un faux billet remis à un commerçant de Saint-Jean-Pied-de-Port.

À son retour à son bureau de l'hôtel de police de Bayonne situé à proximité des allées Paulmy dans un bâtiment de style moderne au toit en forme d'aile, Imanol découvrit le rapport de la police scientifique de Pau suite à l'analyse des faux billets trouvés dans le sac à main de Charlotte de Larralde.

Fausses coupures au numéro de série unique.

Excellent travail de contrefaçon de qualité professionnelle sur un papier similaire à celui utilisé par l'imprimerie nationale.

Trois empreintes différentes relevées : une appartenant à la victime, une seconde masculine inconnue et une troisième féminine, non répertoriée.

Trace d'ADN inexploitable par la méthode classique. Échantillon envoyé au labo central de la police scientifique pour séquençage avec une nouvelle méthode.

☆

La visite d'Imanol au garage de la police confirma les éléments suspectés. Le véhicule de Charlotte de Larralde n'avait pas été victime d'un incident mécanique. En particulier, son circuit de freinage présentait un parfait état avant le faux accident. Le meurtre de la jeune femme était la seule cause de sa chute dans l'océan Atlantique.

6 – Irouleguy

Blotti au pied de son vignoble et de son prieuré entouré d'un cimetière aux stèles discoïdales, le bourg d'Irouleguy avec ses quatre cents âmes et ses maisons basques aux volets rouge sang ou vert profond somnolait sous le soleil printanier.

En voiture banalisée, le lieutenant Sergio Erroitegui fit une discrète reconnaissance du site et en particulier de la rue du *Café Oylarandoy* situé en rez-de-chaussée d'une bâtisse basque typique aux volets écarlates dans le simili centre bourg à proximité de la mairie et de l'église Sainte-Marie. Une vigne vierge courant sur une pergola constituait une terrasse naturelle ombragée du bar. Au moment de son passage dans le village, un panonceau en gros caractère suspendu à la vitre de la porte d'entrée de l'unique débit de boissons annonçait sa réouverture à dix-huit heures. Rien de particulier n'attira son attention, hormis le calme habituel des villages campagnards en pleine journée dans lesquels on ne rencontre pas âme qui vive mais où tout le monde a repéré l'étranger.

Dès son retour à l'hôtel de police de Bayonne, Sergio chercha son chef pour l'informer de ses constatations. Imanol n'était pas rentré de sa visite à l'hôpital pour interroger la victime d'une agression la nuit précédente dans une ruelle à la réputation douteuse du Petit Bayonne.

— Alors, ta promenade à Irouleguy ? lança Imanol dès son retour en apercevant Sergio assis devant son ordinateur en train de frapper son rapport avec deux doigts d'une agilité à faire se tordre de rire une secrétaire aguerrie.

— Impossible de réaliser une surveillance du bistrot à partir d'un soum ! Durant toute ma remontée de la rue principale où se situe le café, un chouf m'a observé. Je n'ai même pas pu mitrailler les lieux.

— Un chouf à Irouleguy ! Par hasard, n'aurais-tu pas abusé du seul cru basque mon cher Sergio ?

— En fait, un petit vieux ancré au bitume devant un banc en pierre, béret basque chevillé sur son crâne dégarni, moustache blanche en bataille, appuyé sur son *makila*[17] à deux pas du *Café Oylarandoy,* ne m'a pas quitté de ses yeux soupçonneux.

— Je vois. L'ambiance villageoise, tu n'aperçois personne, mais plusieurs paires d'yeux t'ont observé !

— Ouais, sans parler sûrement d'une ou deux petites vieilles planquées derrière leurs rideaux à zieuter tous mouvements pour pouvoir cancaner avec les copines devant un thé et un gâteau basque !

— Et sans oublier, le clebs qui se met à hurler à la mort lorsqu'il détecte ta présence, surtout s'il est dressé à renifler les poulets. Bon, je vais demander le concours de la gendarmerie de Saint-Étienne-de-Baïgorry pour patrouiller, d'un drone pour réaliser quelques clichés du bled et effectuer une observation discrète. Le micro et la paperasse de Charlotte ont-ils parlé ? s'enquit ensuite Imanol.

---

17 Canne ferrée typique en usage au Pays basque

— J'allais t'en toucher deux mots. Dans son ordi, du banal, photos de vacances, pas d'autres images avec le beau poivre et sel autre que celle du tirage du tiroir. Vraiment bien roulée la gonzesse ! Plus des courriers classiques, des factures ordinaires. Son carnet d'adresses, presque vide, rien d'intéressant a priori. Par contre, une carte de visite d'un hôtel-restaurant d'Hendaye-Plage, l*e Miramar*. D'après les fadettes transmises par son opérateur, son téléphone n'a pas borné sur les relais situés vers Hendaye le jour de sa mort.

— Elle communiquait sûrement avec une carte prépayée. Dans ce resto, elle a peut-être partagé son ultime repas ! Sur son compte bancaire, des traces de paiement au *Miramar* ou dans un autre établissement le jour de sa mort ?

— Non, aucun règlement par carte à cette date.

— D'après le rapport de la légiste, son estomac était en pleine digestion au moment fatidique. On va rendre une petite visite à cet établissement. Charlotte de Larralde a donc dû dîner avec un gentleman.

— Qui lui a régalé les papilles et déclenché des papillons dans le bas-ventre, ajouta Sergio le sourire aux lèvres.

— Possible ! À nous de découvrir au plus vite si c'est le même homme ! Je me méfie toujours des déductions faciles et des évidences. Sergio, trop d'exemples d'enquêtes bâclées par facilité ont occulté la vérité et conduit à des erreurs judiciaires.

☆

Dès le lendemain, un drone de la gendarmerie basé au Pays basque survola la commune d'Irouleguy, pendant qu'un équipage de la brigade locale patrouillait au sol.

Les clichés réalisés s'affichèrent sur l'ordinateur du

bureau d'Imanol. Aidé de Sergio Erroitegui, celui-ci décortiqua les photos, en particulier celles du *Café Oylarandoy* et de son environnement. Une dizaine de véhicules stationnait à proximité. Une fois les plaques d'immatriculation relevées, toutes françaises sauf une Espagnole. En quelques clics, le fichier national automobile afficha les informations sur les propriétaires français. Quatre appartenaient à des habitants de la commune dont celle du patron du bar, deux à une entreprise de travaux publics de Cambo, deux à des Baïgorriars. Concernant la Seat Ibiza blanche immatriculée en Espagne, la police espagnole fut sollicitée dans le cadre des accords bilatéraux de coopération.

Quelques heures plus tard, la réponse tomba :

Seat Ibiza blanche de 2013 – propriété du garage Jimenez de Vera de Bidasoa

✯

Le lendemain matin, le capitaine Imanol Etcheberry et le lieutenant Sergio Erroitegui se présentaient au *Miramar* d'Hendaye-Plage, affilié au groupe *Kampa Hôtel.* Son directeur, Aurélien Delabrosse, les reçut convivialement devant une tasse de café machine dans son bureau contemporain dominant la baie d'Hendaye, siglé d'un designer renommé. L'homme de taille moyenne, sec comme un coucou, tiré à quatre épingles, se voulait affable dans son costume bleu trois pièces taillé sur mesure et ses mocassins de luxe assortis lustrés.

— Monsieur Delabrosse, connaissez-vous cette femme ? attaqua Imanol en déposant une photographie de Charlotte de Larralde sur le plateau en Murano.

— Madame de Larralde, une cliente régulière... Elle l'était jusqu'à récemment. Je présume que vous enquêtez suite à son décès dans un accident sur la route de la corniche.

— A-t-elle mangé dans votre établissement le jour de son décès ?

— Oui, tout à fait, acquiesça Aurélien Delabrosse en se demandant où voulaient en venir les deux enquêteurs de la PJ.

— Seule ou accompagnée ?

— Elle a dîné avec un homme, un excellent client du *Miramar*.

— Son nom ?

— Vous me gênez. Par déontologie et par respect, moi-même et mes collaborateurs ne dévoilons jamais la vie privée de nos clients, tenta en esquive le directeur d'une voix faible et craintive.

Imanol le fixa d'un regard sombre en redressant sa haute stature dans le fauteuil en cuir pleine fleur couleur tabac. Afin de rendre totalement coopératif le directeur cachottier tassé derrière son plateau de verre soutenu par deux tréteaux argentés, il assena d'un ton péremptoire :

— Monsieur Delabrosse, nous enquêtons sur une affaire criminelle et devons reconstituer les dernières heures de Charlotte de Larralde.

L'expression, affaire criminelle, laissa pantois Aurélien Delabrosse. Le directeur laissa errer au loin par la baie vitrée son regard jusqu'à la pointe Sainte-Anne illuminée par le soleil matinal. Peut-être cherchait-il sa réponse dans la contemplation des deux jumeaux résistants depuis des siècles aux assauts féroces de l'océan !

— Madame de Larralde a été… tuée…, osa-t-il enfin prononcer d'une voix chevrotante.

— Oui, exécutée comme un vulgaire animal. Soit, vous nous crachez ce que vous savez sans jouer au chat et à la souris, ou bien, je vous emmène visiter nos locaux sous le régime de la garde à vue. Pour votre gouverne : notre hôtel n'est pas étoilé, les lits *King Size*[18] sont remplacés par des bancs en bois très inconfortables et le foie gras poêlé par un vulgaire sandwich au pâté de porc bas de gamme servi avec du pain rassis.

— Pas de problème Messieurs les policiers, je vais répondre à vos questions avec franchise.

— Très bien, alors le nom de l'homme ?

— Oihan Arrizurieta de Saint-Étienne-de-Baïgorry.

— Le couple venait-il souvent déjeuner chez vous ?

— Assez fréquemment.

— Donnez-moi leur emploi du temps dans votre établissement le jour du crime !

— Ils sont arrivés vers dix-sept heures…

— Je croyais que vous débutiez le service du soir à dix-neuf heures !

— Hum… Enfin… Monsieur Arrizurieta avait réservé une chambre de l'hôtel.

— Donc, les tourtereaux ont commencé par une partie de jambes en l'air, puis ils se sont restaurés, reformula Imanol dans un style plus direct. Et ensuite ?

— C'est cela, avoua d'un air embarrassé le directeur. Ils ont dîné à vingt heures. Vers vingt-deux heures, tous deux ont regagné la chambre. Madame de Larralde a quitté

18 Lit de grande taille : 180x200 cm

l'établissement vers vingt-trois heures quarante-cinq. Monsieur Arrizurieta est parti un peu plus tard en déposant sa clef auprès du veilleur de nuit.

— Est-il revenu ensuite ?

— Non, chaque fois c'était le même programme. Aucun des deux ne passait la nuit entière dans l'hôtel.

— Vous possédez des caméras de vidéosurveillance, je présume ?

— Oui, dans le hall et sur le parking extérieur.

— Montrez-nous les enregistrements du jour du crime ! ordonna le capitaine Etcheberry.

Imanol et Sergio visionnèrent rapidement les bandes. À dix-sept heures pétantes, un homme aux cheveux drus grisonnants domestiqués, dans la fleur de l'âge et de belle prestance, du genre élégant du col, pénétra dans la réception de l'hôtel sans le moindre bagage sinon une carte bancaire Gold American Express.

— Monsieur Arrizurieta, précisa Aurélien Delabrosse avant que la question fuse de la bouche d'un des deux enquêteurs.

Cinq minutes plus tard, Charlotte de Larralde se découpa dans le champ de la caméra du hall. Elle salua d'un discret signe de tête la réceptionniste et en habituée prit directement l'ascenseur pour le second étage. Le couple repassa fugitivement devant l'objectif à vingt heures pour gagner le restaurant du *Miramar*. Une heure plus tard, Charlotte de Larralde se dessina seule dans l'objectif et sortit. Puis, elle rejoignit le restaurant au bout de cinq minutes. Ensuite, la vidéosurveillance du hall valida les informations annoncées précédemment par le directeur.

— Calez directement la caméra du parking sur vingt et une heures ! exigea Imanol.

Les enquêteurs virent Charlotte de Larralde s'arrêter devant sa voiture stationnée dans le coin le plus sombre du parking, la fameuse Volvo break, et ouvrir le hayon arrière. Aussitôt, une silhouette sombre féminine difficilement identifiable lui tendit plusieurs sacs. Charlotte les déposa dans sa voiture, puis remit une enveloppe à l'inconnue. Cette dernière l'ouvrit, vérifia son contenu et la glissa dans son blouson. Charlotte échangea avec elle durant quelques instants et prit le temps de dissimuler la marchandise à la vue des passants sous une bâche ou une couverture avant de regagner sa table. Immédiatement, la livreuse disparut avec son véhicule a priori de couleur noire, une Volkswagen Golf break. Les deux policiers ne purent pas déchiffrer les plaques d'immatriculation. Quant au véhicule d'Oihan Arrizurieta, il n'était pas stationné sur le parking de l'hôtel.

Sans le moindre commentaire sur la scène visionnée, Imanol rompit le silence :

— Montrez-nous la chambre occupée par le couple le jour du crime !

— Suivez-moi, elle est libre. Ses occupants ont quitté l'hôtel à la première heure. D'ailleurs, Monsieur Arrizurieta exige toujours la même chambre, la deux cent treize. C'est la mieux placée de l'hôtel. Elle possède une vue splendide sur la baie.

Imanol et Sergio échangèrent un bref regard de satisfaction devant cette information.

La porte de la deux cent treize était entrouverte.

— Je vous présente Maria, femme de chambre. Maria, vous repasserez terminer le ménage plus tard, annonça le directeur d'un air hautain en entrant avec les deux policiers.

Immédiatement, les regards des deux enquêteurs balayèrent la pièce. La Villa Arnaga exposa son lustre depuis le ciel dans un cadre accroché au-dessus du grand lit, dans une vue identique à celle présente sur le cliché récupéré dans la maison de Charlotte de Larralde. Leurs yeux satisfaits se fixèrent pendant une fraction de seconde. Ils venaient de découvrir le lieu de sa prise de vue.

— Maria, est-ce vous qui avez nettoyé cette chambre il y a trois jours ? se renseigna Imanol alors que l'employée s'apprêtait à passer le seuil de la chambre.

— Oui Monsieur, répondit sans hésitation la femme de chambre dans un français teinté d'un accent basco-ibérique. J'officie toujours à cet étage.

— Bien, ne vous inquiétez pas ! Nous sommes de la police judiciaire de Bayonne et allons profiter de votre présence pour vous poser quelques questions. Monsieur Delabrosse, laissez-nous, je vous prie. Nous vous retrouverons après dans votre bureau.

— Capitaine, si je puis me permettre, en tant que directeur, je souhaiterais assister à l'entretien, osa Aurélien Delabrosse vexé de son exclusion.

Imanol le fixa d'un air sévère et déploya son double-mètre, les bras écartés, puis décocha d'un ton péremptoire :

— Monsieur Delabrosse, veuillez sortir !

De dépit, le directeur quitta la chambre sans un mot. Quelques instants plus tard, le lieutenant Erroitegui ouvrit brusquement la porte d'entrée et surprit le directeur l'oreille collée au placage en chêne du battant.

— C'est très imprudent, on peut facilement se prendre le panneau dans la tronche et s'éclater le pif ! ironisa Sergio.

— Je m'en vais, assura aussitôt le directeur ahuri en détalant vers l'ascenseur tel un lapin de garenne coursé par une meute de chiens de chasse.

— Dans quel état avez-vous trouvé la 213 après la visite de monsieur Arrizurieta ?

Maria roulait ses gros yeux noirs sur les deux hommes sans oser répondre tout en fixant ses sabots roses de travail.

— Maria, parlez sans crainte, lâcha Imanol pour la mettre en confiance. Tout élément est important pour nous. Le lieutenant Sergio Erroitegui et moi-même, capitaine Imanol Etcheberry, nous enquêtons sur l'assassinat de l'amante de monsieur Arrizurieta, présente dans cette chambre peu avant son meurtre.

— Monsieur le Capitaine, je ne devrais pas vous le dire. Je suis au courant de leur rendez-vous en ce lieu par mon métier. Vous savez, nous sommes des personnes transparentes aux yeux des clients, mais on en voit des vertes et des pas mûres. D'habitude, à part le lit, la chambre est relativement en ordre. La dernière fois, j'ai été étonné. Tout était sens dessus dessous. Une bouteille de champagne vide avait roulé sous le lit, des morceaux de verre provenant d'une coupe à champagne cassée parsemaient la moquette vers la baie coulissante. Des restes de tapas s'étalaient sur le bureau. Les serviettes de bain trempées gisaient éparses dans le coin salon et la salle de bains semblait avoir subi un cyclone. Même, un préservatif usagé se trouvait encore dans le lit !

— Merci beaucoup Maria. On vous laisse à votre travail.

Ils repassèrent au bureau du directeur et le remercièrent pour son étroite collaboration.

— Imanol, on a bien avancé, proclama Sergio dès qu'ils

furent hors de portée d'oreilles indiscrètes. Par contre, as-tu remarqué la tronche de Delabrosse à notre retour dans son bureau ?

— Oui, une tronche de cocker triste privé de son os ! Autrement, je suis entièrement d'accord avec toi ! Il nous reste à mettre en musique tous les éléments de la partition. Récapitulons ! L'amant de Charlotte est connu. Ils se retrouvaient au *Miramar*. L'hôtel sert aussi de lieu de rendez-vous pour le trafic de cigarettes. Reste à identifier la livreuse à la Golf et…

— Imanol, tu oublies un élément troublant : la présence d'une capote usagée dans la chambre, alors que du sperme a été retrouvé dans le vagin de la victime, le coupa Sergio.

— J'ai une explication. Habituellement, les tourtereaux baisaient couvert. Vu leur consommation d'alcool, leur libido a omis ce geste protecteur pour leur dernier rapport. Il reste à interroger le sieur Arrizurieta et à récupérer l'ADN de l'étalon.

— Penses-tu que l'amant de Charlotte soit impliqué dans cette affaire ?

— À ce stade de l'enquête, c'est difficile à dire. Un homme marié ou pas qui fricote avec une femme majeure et vaccinée, ce n'est pas un délit, ni un crime. Déjà, il n'est pas le meurtrier. Pour commencer, on va le surveiller.

7 – La revanche

Malou reçut un appel du Donostia Boxing-club de San Sebastian lui proposant la revanche avec la basque Arantxa Jimenez lors d'un gala prévu à Vera de Bidasoa.

Le Président de son propre club, le Bordeaux Boxing Garonnais, et son entraîneur acceptèrent sa participation à cette réunion de boxe anglaise en terre basque espagnole.

Malou n'avait jamais combattu en dehors du territoire national. Un nouveau cap s'offrait à sa jeune carrière, bien qu'à trente-trois ans dans d'autres sports elle côtoierait la catégorie des vétérans ou se fondrait dans celle des retraités.

Dès son arrivée au travail, elle fila chez son chef, le commissaire Max Grabowski.

— Max, ton week-end s'est-il bien passé ?

— Je ne pense pas que ta visite ait pour unique but de t'enquérir de mes loisirs dominicaux.

— T'as raison ! Samedi, je participe à un gala de boxe en Espagne à Vera de Bidasoa. Je rencontre pour la revanche Arantxa Jimenez.

— Ça n'a pas traîné ! Bon, cela m'ennuie beaucoup de te laisser partir en Espagne sans pouvoir assurer ta sécurité. Comme prévu avec Alex, tu y vas incognito, évidemment pas d'arme de service hors frontière. Mot se mêlera aux spectateurs français adeptes de boxe, même si ses compétences dans ton noble art se sont arrêtées aux bagarres de rue et aux mêlées ouvertes sur les terrains de rugby.

Après cinq ans de purgatoire à la brigade anticriminalité d'Aubervilliers en Seine-Saint-Denis, le capitaine Kevin Daruiz originaire de Bayonne avait rejoint l'équipe de Max depuis une bonne année. À bientôt la trentaine, en dépit de son expérience de terrain, Kevin affichait toujours un look d'éternel étudiant avec ses cheveux bruns ondulés mi-longs et sa barbe de trois jours. Son surnom Mot provenait de son hobby de motard. Pilote émérite habitué du circuit de vitesse de Mérignac, il possédait une superbe Kawasaki et s'éclatait au guidon de la Honda banalisée de la PJ.

☆

Le samedi, Malou et Mot prirent la route de Vera de Bidasoa dans deux véhicules distincts.

Dès son arrivée sur le ring installé au centre d'un gymnase ancien, Malou perçut une ambiance fort différente de celle de Vieux-Boucau. Le public composé presque exclusivement d'autochtones plus une poignée de supporters français dont Mot installé au dernier rang d'une des tribunes, chauffé par la sangria servie dans des verres à bière, dégageait une agressivité latente et un chauvinisme exacerbé.

Lors de la présentation des combattantes, Malou fut copieusement sifflée, doublement à l'annonce de son club bordelais, et insultée alors que l'idole locale Arantxa se trouva ovationnée. Son adversaire semblait transfigurée par cet accueil nationaliste au relent de fiel. Son visage reflétait toute sa détermination à vaincre son adversaire par K.O.

L'entraîneur de Malou sentit que sa protégée venait de prendre un sérieux coup au moral et tenta un ultime conseil de motivation.

Malgré ce speech de dernière minute, Malou engagea le premier round avec des jambes cotonneuses. Fidèle à ses habitudes, Arantxa Jimenez se rua sur la Française et l'accula immédiatement dans les cordes. Durant cette première volée de coups, Malou arriva tout juste à endiguer la furia basque espagnole. Le public chaud bouillant hurlait ses encouragements à Arantxa et invectivait la pauvre Malou quasiment perdue sur le ring. La revanche tant désirée tournait au calvaire. Dans un sursaut d'orgueil, sauvée par son allonge supérieure, Malou réussit difficilement à éviter de goûter au tapis, à esquiver les tentatives d'uppercut au foie de son adversaire et à finir le round. Le second s'avéra plus équilibré et le troisième totalement à l'avantage d'Arantxa Jimenez.

Sans surprise, l'arbitre déclara la Basque vainqueure. Le public exultait et regrettait que sa favorite n'ait pas réussi à mettre K.O cette grande Bordelaise à la plastique de mannequine venue défier Arantxa dans son antre.

Travaillée et touchée au corps comme jamais, Malou se retrouva couverte de marques et percluse de douleurs. Malgré le protège-tête, son visage portait plusieurs stigmates du combat. Son arcade sourcilière droite gonflée annonçait un œil au beurre noir pour la semaine à venir. Dans les tribunes, Mot vécut la leçon de boxe reçue par sa collègue comme un véritable chemin de croix.

Réconfortée par son entraîneur, pour la première fois de sa carrière de boxeuse amatrice Malou laissa rouler quelques larmes sur ses joues meurtries. Une fois ses esprits repris, elle gagna les vestiaires déserts pour une douche réparatrice. Comme à Vieux-Boucau, la salle de douche ne comportait pas de cabine individuelle, mais possédait l'option : eau chaude. Installée seule sous la pomme la plus éloignée, elle profita de la tiédeur de l'eau ruisselant sur sa peau meurtrie. Les yeux fermés, elle goûta ce moment apaisant et essaya d'oublier la correction prise.

Un bruit de porte attira son attention. À son grand étonnement, au lieu d'Arantxa Jimenez, Malou découvrit incrédule deux hommes râblés et costauds, en tee-shirt, le crâne rasé, les avant-bras couverts de tatouages, venant de s'introduire dans les douches féminines. Elle comprit immédiatement qu'ils n'étaient pas là par hasard. En tenue d'Ève, le corps trempé, elle fit face crânement. La capitaine de police était de retour, mais dans une tenue non prévue dans le manuel de formation et sans artillerie.

— Salope, pourriture de flic, lança l'un d'un ton virulent ne présageant rien de bon dans un français rehaussé d'un fort accent hispanique.

— Vous faites erreur ! Veuillez sortir immédiatement du vestiaire des femmes ! répliqua Malou d'une voix assurée bien que son cœur tapât fort dans sa poitrine et que l'angoisse s'immisçât dans ses tripes.

— Malaury Besnier, police criminelle de Bordeaux, poursuivit-il en la fixant d'un regard inquisiteur tout en brandissant sa carte professionnelle, une pourriture de fliquette franchouillarde.

Malou se revit cacher au fond de son sac de sport sa carte qu'elle avait oubliée de laisser en France. Les ordures avaient fouillé ses affaires. La combine d'Arantxa Jimenez était-elle un piège dans lequel elle était tombée toute crue et son service avec ? D'ailleurs, bizarre, sa partenaire n'était point apparue au vestiaire. Cela sentait le coup monté. Sa courte réflexion se trouva interrompue également dans la langue de Molière quelque peu imagée par le second barbouze :

— Malgré la trempe que tu as prise, tu es baisable… Espèce de pute, on va te faire ta fête, affirma-t-il en dégrafant son pantalon et en avançant à son contact avec un rictus salace et gourmand aux lèvres. Une bonne bite…

Sa diatribe de violeur en puissance se trouva interrompue brusquement. D'un coup sec, Malou arracha un tube de douche et s'en servit comme arme. L'homme reçut le pommeau en pleine tronche et sous l'impact glissa la queue en berne à la main sur le sol mouillé et noyé par le tuyau brisé, le front ouvert pissant le sang.

— Tu ne perds rien pour attendre, *hija de puta*[19] ! hurla l'autre en essayant d'agripper Malou à bras-le-corps. Une clef de bras eut facilement raison de son enthousiasme bourré de testostérone, complétée par un coup de pied dans les joyeuses. Malou l'abandonna l'avant-bras brisé, ramassa sa carte de flic et se rua en tenue d'Ève hors de la pièce d'eau pour récupérer son sac au vestiaire. Attiré par le bruit et les hurlements, Mot en planque dans le couloir extérieur ouvrit la porte de communication et comprit la scène en apercevant Malou à poil courant dans sa direction avec son sac en bandoulière.

— Habille-toi, lui lança-t-il, je m'occupe d'eux.

— Merci Mot, parvint à articuler Malou malgré le stress de l'agression vécue et la gêne de se présenter dans le plus

19 Injure espagnole signifiant : Fille de pute

simple appareil devant son jeune collègue qui devait la trouver désirable.

Un seul des agresseurs se pointa. L'autre n'était pas remis de la clef de bras. Avec la fracture consécutive, six semaines pour méditer sur son intrusion dans un vestiaire féminin ne seront pas de trop pour son rétablissement. Mot balança à l'homme à la trombine déjà en biais avec violence la porte métallique en pleine poire. Le nez de l'odieux personnage éclata telle une pastèque trop mûre, inondant de son sang de salopard les murs bleu pastel. Son cri de douleur et ses jurons se perdirent dans les vestiaires vides.

Une fois l'adrénaline redescendue, Malou en tenue de ville accompagnée de Mot gagna le parking. D'un commun accord, ils décidèrent de rentrer en se suivant par le col d'Ibardin pour permettre à Mot de s'arrêter à la frontière dans les *ventas.*

Une fois sur place, Malou attendit le retour de son collègue dans sa voiture. Pendant ce temps, elle appela Max qui décrocha à la première sonnerie :

— Salut Malou, alors ?

— Hum, pas terrible, plutôt catastrophique.

— Tu m'inquiètes ! Déjà que je me faisais un sang d'encre depuis ton départ de Bordeaux.

— Concernant la rencontre, j'ai pris une raclée mémorable. Battue trois rounds à zéro. J'ai eu beaucoup de difficultés à finir le combat debout sans renifler les chaussettes de l'arbitre.

— À ce point-là !

— La Basquaise était déchaînée, galvanisée par ses supporters, et moi plutôt apathique.

— Ensuite ?

Un long blanc suivi d'un raclement de gorge résonna dans le téléphone de Max.

— Je me suis fait agresser sous la douche par deux types, genres militants ou service d'ordre de mouvements extrémistes phalangistes, des mecs aux gros bras tatoués comme des cuisses de rugbymen maoris.

— Merde ! Comment t'es-tu sortie de ce piège ?

— L'un d'eux avait découvert ma carte de flic cachée au fond de mon sac de sport. Tu vas m'engueuler ; j'avais oublié de la déposer à la maison.

— Ne t'inquiète pas ! On a tous fait des erreurs, répondit Max pour la rassurer. Et ensuite ?

— Ils voulaient me… vio… violer, confia Malou d'une voix éteinte.

— Non, ce n'est pas vrai ! Les fumiers !

Sous le choc de la révélation, Max n'osa pas poser la question le taraudant.

— Je te rassure. Je les ai défoncés tous les deux. L'un a le bras en croix et les bijoux de famille réduits à l'état de billes ébréchées. L'autre, une tête de Mickey passé sous un train. Mot m'a aidée à me tirer d'affaire en éclatant le nez du type lancé à ma poursuite.

Malou entendit Max souffler à l'autre bout de la ligne.

— Ouf !... Malou, tu as été admirable. Se battre contre deux hommes visiblement pas manchots dans de telles conditions après un combat difficile, chapeau bas Capitaine Besnier !

— Merci Max. Ton compliment me va droit au cœur. Par contre, tu ne t'étonneras pas. J'ai un œil au beurre noir et le corps meurtri, résidus du combat de boxe.

— Où es-tu ?

— À la frontière, au col d'Ibardin. Mot est en train de dévaliser une *venta* en clopes et en alcools.

— Je vous attends au bureau pour débriefer l'opération.

— OK Max, à toute !

En guise de pied de nez à la journée, sur la route du retour, la radio de bord diffusa la célèbre chanson de Claude Nougaro, *Quatre boules de cuir* :

Quatre boules de cuir tournent dans la lumière
De ton œil éclectique, Boxe, Boxe,
Ô déesse de pierre...

☆

Le lendemain matin, Max, Malou et Mot se retrouvèrent attablés au *Bar des Poulets* situé à proximité de l'hôtel de police de Bordeaux pour prendre leur petit-déjeuner.

— Et ben Malou, t'en fais une tête ce matin, attaqua d'emblée Francky, le patron de l'établissement, lui-même ancien flic. Le rimmel n'a pas suffi pour masquer la volée reçue sur le ring.

— Tu ne verras pas le reste ! J'ai le corps couvert de bleus, répliqua Malou agacée par l'aparté inopportun de Francky.

— Écoute, on n'a pas la tête à blaguer aujourd'hui, le stoppa Max.

— Comme vous voulez, Messieurs Dames les Poulets, enchaîna-t-il en se retirant vers son bar tel un coq viré par son harem.

Mot tint à régler la note. Le patron revint quelques instants après avec à la main le billet de vingt euros de Mot.

— L'humour vous dérange, mais Mot tu me prends pour un singe !

— Que racontes-tu là Francky ?

— C'est un faux, plus vrai que nature, je l'admets. Un véritable travail d'orfèvre de la fausse monnaie. Presque une œuvre d'art !

— Tu en es sûr ? s'enquit Max intrigué.

— Viens Mot, je vais le passer au détecteur de faux billets. Je parie le double que c'est un faux.

— Pari tenu, annonça Mot imprudemment.

— Francky a travaillé dans le service de répression des contrefaçons. C'était un as, surnommé Le Renard dans la maison, vu son flair. Capable de te détecter un faux plus facilement qu'un chien à trouver son os, expliqua Max à Malou pas au courant de l'ensemble du passé policier du tenancier du bar.

— Avec un pif comme le sien, digne de Cyrano de Bergerac[20], cela ne m'étonne pas ! Comique, ancien flic, Le Renard, le *Bar des Poulets*. Prédestination ?

Mot revint à la table, silencieux, allégé de vingt euros supplémentaires.

---

20 Savinien de Cyrano, dit de Bergerac, est un écrivain français du XVIIème siècle

8 – Maria

Comme chaque jour travaillé, Maria, femme de chambre à l'hôtel *Miramar,* termina son service à quinze heures. Cet interrogatoire impromptu par deux policiers de la police judiciaire de Bayonne l'avait perturbée. Elle, habituée à obéir à son patron et à réaliser le boulot ingrat, le nettoyage des cochonneries des autres en ployant l'échine et en fermant les yeux et sa bouche, se trouvait pour la première fois de sa vie sous la lumière d'une affaire criminelle.

Bien qu'elle ne connût pas véritablement la victime, sinon par les stigmates visuels et le parfum de sexe abandonné dans l'air climatisé de la chambre deux cent treize lors des rencontres intimes des deux amants, son esprit n'arrivait pas à se détacher du sort tragique réservé à cette jeune femme de son âge.

Pour se changer les idées avant de rejoindre son domicile espagnol situé dans un quartier populaire d'Irun, au lieu de prendre son bus habituel, Maria flâna le long de la grande plage d'Hendaye.

Profitant du beau temps printanier, de nombreux promeneurs se pressaient au bord de l'eau. Quelques jeunes enfants s'essayaient aux châteaux de sable. Des chiens excités tentaient vainement d'attraper en jappant l'écume des vaguelettes. Plusieurs femmes entre deux âges en monokini profitaient de la météo pour entretenir leurs peaux tannées et ridées à force de fixer le soleil comme des tournesols. À quelques encablures, la Bidassoa se jetait paresseusement dans la baie française du Figuier et espagnole d'Hondarribia. La vue portait jusqu'au cap Higuer, premier contrefort situé en Espagne du massif pyrénéen liant sur près de trois cents kilomètres l'Atlantique à la Méditerranée.

Les yeux emplis de cette lumière positive et les poumons gorgés d'air iodé, Maria se dirigea d'un pas assuré et le sourire aux lèvres vers le centre-ville pour s'accorder le plaisir rare de lèche-vitrines.

Dans la rue principale, la devanture d'une boutique chic de prêt-à-porter retint son attention. Sans aucune intention d'acheter, mue par une envie irrépressible, attirée par un luxueux chemisier brique en soie trônant au centre de la vitrine sous l'éclairage de discrets spots, Maria poussa la porte.

Après l'avoir laissé vaquer quelques minutes entre les rayons, une vendeuse vêtue élégamment, mais maquillée comme un épouvantail à moineaux et inondée d'un parfum très capiteux, l'aborda, la conseilla et la convainquit d'essayer le vêtement convoité.

— Madame, ce chemisier vous va à ravir. On le dirait coupé pour vous, affirma d'une voix enjôleuse la jeune vendeuse au sourire commercial rehaussé d'un rouge à lèvres criard soulignant ses grandes dents d'un blanc intense. Sa teinte s'harmonise parfaitement avec la couleur de vos yeux.

— Vous trouvez ? questionna Maria dubitative, peu habituée aux compliments sur son physique.

Fagotée dans une tenue sans âme, Maria n'était ni belle, ni moche. Toutefois, un certain charme émanait de sa personne avec sa chevelure noire dénouée sur ses traits sudistes et sa peau mate. Habillée avec élégance, son allure aurait certainement retenu l'attention des hommes. Quelques amants avaient foulé son intimité. Mais, chaque fois ceux-ci ne s'embarrassaient point de caresses liminaires, plus intéressés par son cul rebondi et sa poitrine avenante que son minois ibérique et son cœur à prendre.

— Tout à fait ! Ce modèle plaît énormément à notre clientèle, insista la vendeuse sentant les dernières réticences de sa cliente prête à fondre sous son baratin usité maintes fois.

— Oui, mais il est beaucoup trop cher pour moi, avoua Maria avec une pointe de déception dans la voix, les pupilles fixées sur le vêtement hors de prix.

La vendeuse déshabilla du regard Maria. Cette cliente semblait s'être trompée de boutique. Sa tenue terne et quelconque étiquetée bas de gamme jurait presque dans cet espace destiné à une clientèle aisée. Néanmoins, sur la vente de cet article, son employeuse lui accordait une petite gratification. Son salaire minimal syndical ne lui permettant aucunes fioritures, alors elle dégaina l'argument imparable :

— Je vais voir avec la patronne si je peux vous accorder une remise.

Sans lui laisser le temps de répondre, l'employée gagna la caisse et dialogua quelques instants avec la gérante qui observa Maria à la dérobée.

— Exceptionnellement, au lieu de trois cents, je peux vous le laisser à deux cents euros, gratifia-t-elle à Maria, le sourire en prime. Ce prix n'est valable qu'aujourd'hui.

Maria imita la carpe et hésita. La vendeuse argumenta. Le coût représentait presque sa paye d'une semaine de labeur au *Miramar*. Maria craqua.

— Deux cents euros. Comment réglez-vous ? lâcha la propriétaire de la boutique quelque peu sceptique sur la solvabilité de cette acheteuse au look inhabituel en son luxueux magasin.

— En liquide, répondit Maria timidement, en exhibant de son sac à main *made in China* en croco gris simili cuir défraîchi un billet neuf de la somme à régler.

Discrètement, la gérante passa la coupure au détecteur de faux billets. Le verdict tomba.

— Madame, ce billet est un faux. Désolée, je suis obligée de le signaler à la police, assena la patronne assez fort pour que les clientes proches l'entendissent.

— Je ne comprends pas, bafouilla Maria perdue, le nez tourné vers ses chaussures fanées.

Le chemisier classeux se transformait en cauchemar. Envahie de confusion et de honte, elle se serait bien cachée dans un trou de souris. La voilà jetée en pâture sous le feu des yeux méprisants de petites-bourgeoises classifiées clientes privilège, montées sur leurs escarpins à trois ou quatre chiffres, parées de cartes de crédit illimité couleur métal précieux. Ses jambes, pourtant solides, la portaient avec difficultés. Cinq minutes plus tard, un équipage de la police nationale se présenta dans un crissement de pneus avec le deux tons enclenché.

— Veuillez-nous suivre au commissariat, ordonna à Maria d'une manière autoritaire le chef de patrouille dénué de la moindre empathie pour cette femme fagotée comme un as de pique, présumée coupable.

Maria, la femme de chambre sans histoires, sortit la tête basse encadrée par les deux policiers. Quelques minutes plus tard, elle prenait place sur une chaise inconfortable devant un officier de police judiciaire de l'annexe d'Hendaye du commissariat de Saint-Jean-de-Luz.

— Nom et adresse, exigea le policier qui tenait en main la carte d'identité espagnole de la suspecte.

— Maria Dolores Sanchez, *calle Pyreneos* 58 à Irùn.

— Situation matrimoniale ?

— Je suis célibataire.

— D'où tenez-vous ce faux billet ?

— On me l'a donné Monsieur l'agent.

L'enquêteur dévisagea de la tête aux pieds cette femme banale habillée de vêtements de qualité médiocre et réitéra :

— On me l'a donné, répéta désespérément d'une voix atone la très croyante Maria qui se sentait abandonnée par son dieu, pourtant réputé tout-puissant.

Le policier fit un signe à sa collègue debout derrière la suspecte.

— Veuillez me suivre ! décocha aussitôt cette dernière d'un ton tranchant.

Maria se retrouva dans une petite pièce où elle dut subir une fouille traumatisante à corps sous le regard impavide de la policière. Le contenu de son sac à main répandu sur une table étala au regard de la police ses maigres objets.

Éperdue, honteuse, sans force, Maria regagna la chaise en acier.

— Rien sur elle, ni dans son sac ! annonça l'agente à son collègue.

Les questions fusaient. Son cerveau anesthésié par le traumatisme refusait de répondre. Pourtant, elle n'avait rien à se reprocher sinon d'avoir voulu jouer à la Dame. Devant son mutisme, l'officier de police judiciaire décida de la placer en garde à vue pour vingt-quatre heures. Il lui expliqua ses droits et annonça qu'un avocat commis d'office viendrait l'assister.

Ce n'était pas le premier faux billet repéré sur le territoire de compétence du commissariat de Saint-Jean-de-Luz. Par contre pour la première fois, une personne s'était fait pincer en flagrant délit de paiement, de plus avec une grosse coupure.

Une cellule grillagée pourvue d'un banc en bois scellé au mur accueillit la pauvre Maria, prise telle une mouche dans la toile de la machine judiciaire. Dans la cellule concomitante, une junkie au visage piercé en manque criait des insanités en permanence en tapant en cadence contre le grillage.

Maria pleura toutes les larmes de son corps. Dans cet enfer policier, bien que catholique pratiquante, des idées de suicide traversèrent son esprit. De plus, avant de l'enfermer dans cette cage comme une criminelle aguerrie, la ceinture de son pantalon et les lacets de ses chaussures avaient été confisqués.

Arrière-petite-fille d'un soldat républicain assassiné par les franquistes, elle se remémora les récits dramatiques transmis par les anciens sur le sort réservé aux innocents pris dans les mailles du filet répressif réactionnaire.

Une avocate commise d'office du barreau de Bayonne, Salomé Le Gall, se présenta à Maria. Au vu du dossier et de la personnalité effacée de la suspecte, l'avocate ressentit une pauvre fille tombée dans un engrenage judiciaire suite à son défaut de coopération avec les enquêteurs. Alors, elle s'évertua à convaincre sa cliente de livrer la provenance de ce foutu faux billet de deux cents euros.

Suite aux recommandations de son avocate, les neurones du cerveau de Maria se reconnectèrent. Elle se vit récupérer cette maudite coupure dans une enveloppe fermée à son prénom déposée sur la commode de la chambre deux cent treize par le couple illégitime à titre de dédommagement pour le chantier laissé par leur dernière soirée licencieuse. Elle avait tu ce pourboire aux enquêteurs de la police judiciaire bayonnaise par peur de la réaction du directeur du *Miramar.*

En effet, son contrat comportait une clause déontologique interdisant au personnel de service de toucher directement des libéralités de la part des clients. Dans ce cas, le pourboire devait être remis immédiatement à la direction pour versement dans un pot commun partagé mensuellement avec l'ensemble du personnel suivant une grille proportionnelle aux salaires. Une de ses collègues, également femme de chambre, avait été licenciée récemment pour faute grave après l'acceptation directe de cadeaux. Devant la somme allouée et malgré la répercussion possible, Maria habituellement si respectueuse du règlement n'avait pu résister à la transgression.

☆

Dès son information de l'arrestation d'une suspecte en train de payer un achat avec de la fausse monnaie, le brigadier-chef Arosteguy du commissariat de Saint-Jean-de-Luz avertit le capitaine Imanol Etcheberry de la PJ de Bayonne chargée par le procureur de l'enquête sur ce trafic.

— Sergio, Maria la femme de chambre du *Miramar* est

en garde à vue à Hendaye. Elle s'est fait serrer en train d'écouler dans un commerce un faux billet de deux cents euros.

— Alors celle-là, elle est bonne !

— J'aurais donné à cette femme le bon Dieu sans confession, rétorqua Imanol encore sous le coup de théâtre. On file au commissariat d'Hendaye la cuisiner.

— La salope, sous son air débonnaire, elle ne nous avait pas tout dit ! Et puis, les coupures de ce montant ne courent pas les portefeuilles du citoyen lambda, ajouta le lieutenant Sergio Erroitegui.

— Ne nous emballons pas ! En tout cas, cette Maria a intérêt à nous cracher toute sa *Valda*[21].

Une heure plus tard, l'interrogatoire de Maria Dolores Sanchez reprenait sous la direction du capitaine Imanol Etcheberry assisté de son adjoint, Sergio Erroitegui, en présence de Salomé Le Gall, l'avocate commise d'office de la suspecte.

Pendant ce temps, sur demande d'Imanol dans le cadre de la coopération internationale entre la France et l'Espagne, le domicile d'Irun de l'Ibérique subissait une perquisition par l'Erzaintza, la police de la Communauté autonome basque espagnole.

Quand Maria découvrit la carcasse imposante du capitaine Imanol Etcheberry, assise derrière le bureau métallique, elle se sentit prise comme un tourteau aux pinces figées avant son plongeon programmé dans le court-bouillon. Devant le teint blafard de sa cliente, son avocate tenta de la rassurer.

21 Gomme arabique créée en 1904 par un pharmacien parisien pour soulager les maux de gorge

— Madame Sanchez, hier, nous avons eu un entretien informel sur votre lieu de travail. Aujourd'hui, c'est un interrogatoire dans le cadre de votre garde à vue. La donne est très différente. Vous avez intérêt à répondre franchement à mes questions sans tergiverser. Je vous informe qu'en ce moment l'Erzaintza perquisitionne votre appartement d'Irun, attaqua d'emblée Imanol le regard scotché dans les yeux sombres de l'Espagnole.

Le visage de Maria d'un naturel basané vira au blanc cassé. Elle imagina son intimité violée, ses voisins assistés en jasant à l'intervention à grand renfort de sirène de la police basque dans son immeuble populaire où tout le monde se connaissait, les commères la jeter en pâture lors du prochain *paseo.* Qu'avait-elle fait pour mériter un tel sort ?

— D'où tenez-vous ce faux billet ? décocha en première question Imanol.

Alors, bien conseillée par son avocate, Maria osa divulguer la provenance des deux cents euros et le motif de son omission de la veille. La confidence terminée, Imanol et Sergio se regardèrent. La femme de chambre semblait sincère. La suite de l'interrogatoire n'apporta pas d'autres éléments à charge contre la suspecte. Par contre, le montant du pourboire interpellait toujours les enquêteurs. Avait-elle un rôle même minime dans le trafic de cigarettes de contrebande ? Le résultat de la perquisition serait crucial pour la suite de l'enquête.

Dans l'attente, le calvaire de Maria Dolores Sanchez se poursuivit. Son avocate tenta bien de faire lever la garde à vue de sa cliente, sans succès. Alors, Salomé Le Gall déçue par l'intransigeance des enquêteurs tenta de réconforter

Maria en lui promettant sa libération pour le lendemain.

✯

Imanol reçut un message de la PJ de Bayonne sur son téléphone. Deux clics plus tard, s'afficha sur son écran la fiche établie par la DGSI[22] avec le pedigree du dénommé Oihan Arrizurieta :

Oihan Arrizurieta surnommé Asmotsu (L'Ingénieux), cinquante ans, domicilié au hameau d'Haritzalde 64430 Saint-Étienne-de-Baïgorry – pas de travail fixe.

Célibataire, en couple avec Fleur Lacoutre : quarante ans, Landaise de Soustons, artiste céramiste. Relation adultérine avec Charlotte de Larralde de Biarritz.

Ancien berger de la vallée des Aldudes reconverti dans la sécurité, boxeur amateur dans sa jeunesse. A conservé des liens avec le milieu de la boxe – chasseur (palombes) – tir sportif au pistolet, membre du club de Cambo.

Suite à un gros gain dans un jeu de hasard, à l'âge de quarante ans, Oihan Arrizurieta délaisse ses brebis à têtes noires pour des poules de luxe. Client assidu du Café Oylarandoy d'Irouleguy et des bordels légaux espagnols. Pas d'antécédent judiciaire autre que des amendes pour excès de vitesse et de stationnement.

Homme du genre taiseux, allergique aux forces de l'ordre, soupçonné de fréquenter le milieu indépendantiste basque – participe régulièrement aux manifestations pour le rapprochement des prisonniers de l'ETA[23] – non fiché comme membre d'une organisation interdite.

---

22 Direction générale de la sécurité intérieure

23 Euskadi Ta Askatasuna : organisation basque indépendantiste

— Sergio, regarde la fiche ! Notre lascar est un coureur de jupons et sait manier les armes à feux. Ancien berger - *Café Oylarandoy* - liens supposés avec le milieu indépendantiste.

— Intéressant ! Bizarre que son ADN ne soit pas dans le fichier.

— A priori, second couteau. Ce gus n'a jamais fréquenté les tribunaux. Par contre, quelqu'un doit bien le connaître.

— Qui ?

— Un berger de la vallée des Aldudes, Piztia. Prépare tes godasses de montagne, demain je t'emmène en randonnée du côté du col d'Ispéguy, annonça Imanol à son adjoint surpris et peu emballé par la perspective d'un crapahut. En attendant, demande aux Bleus du coin une surveillance renforcée de son domicile !

*

Tous deux regagnèrent l'hôtel de police de Bayonne. Alors qu'Imanol trempait ses lèvres dans une tasse de café fade craché par la machine à expresso du service, son téléphone portable le tira de ses réflexions :

— Bonjour Imanol, Maxime Grabowski.

— Salut vieux, je pressens que la Crim de Bordeaux a encore besoin des services de la PJ basque, balança Imanol.

— T'as raison. Je suis chargé d'une enquête sur un trafic de cigarettes de contrebande depuis l'Espagne, peut-être couplé avec un de fausse monnaie.

— Tu m'intéresses. Moi, j'enquête sur la même chose. Peux-tu faire rapidement un saut à Bayonne ?

— Bien évidemment ! Je peux être à dix heures à ton bureau et…

— N'oublie pas ta très jolie capitaine ! le coupa Imanol taquin en se remémorant les courbes de la collaboratrice de son collègue girondin.

— Je viendrai avec Malaury Besnier et Kevin Daruiz, alias Malou et Mot.

— Es-tu toujours adepte des balades en montagne ?

— Oui, mais quel rapport avec les affaires qui nous préoccupent ?

— On en parlera demain. Parfait, apportez vos tenues de randonnées. Vous en aurez besoin. J'ai ouï-dire que les Bordelais s'empâtaient dans leur capitale régionale. Un peu d'exercice vous fera du bien, termina Imanol énigmatique.

9 – Randonnée en Basse-Navarre

Max réalisa un point matinal avec son équipe. Tous étaient présents, y compris deux de ses collaborateurs chargés en ce moment d'un féminicide dans le centre de Bordeaux, le capitaine principal Frédéric Marcheval et le capitaine Damien Benedetto.

Suivant les recommandations de Max, Malou et Mot arrivèrent au bureau avec un sac de sport renfermant leur tenue de montagne. La perspective de crapahuter enchantait Malou, mais pas du tout Mot plus habitué à parcourir les Pyrénées au guidon de sa puissante moto.

Après un trajet sans problème par l'A 63 effectué en s'affranchissant des limitations de vitesse, la Citroën C4 Cactus de Max pénétra dans l'enceinte de l'hôtel de police de Bayonne à neuf heures précises.

— Ponctuel les Bordelais ! lâcha d'emblée Imanol satisfait de la perspective de travailler à nouveau avec Max et ses équipiers.

Sergio avait préparé un café d'accueil agrémenté de viennoiseries fraîches. En dépit des stigmates du dernier combat de boxe encore présents sur le visage séraphique de la capitaine Malaury Besnier, le lieutenant Erroitegui tomba immédiatement sous le charme de cette magnifique jeune femme, très éloigné des standards de la maison. L'effluve floral fauve, légèrement musqué et velouté, de l'eau de parfum de la Bordelaise envoûta aussitôt le nez de l'enquêteur bayonnais.

Devant l'hésitation de Sergio entre embrassade et poignée de main, Malou saisit d'autorité la main indécise d'une pogne ferme. Les œillades portées à sa personne par son jeune collègue basque ne trompèrent pas ses yeux avertis. Elle se fit un malin plaisir à dédaigner ses ardeurs juvéniles.

Malou fondait un grand espoir sur cette collaboration entre les deux services aquitains de police pour neutraliser ces trafics de cigarettes et de fausse monnaie.

Le patron d'Imanol, le commissaire Patrick Gorretcha effectua une apparition pour saluer Max et ses équipiers.

— Comment va ce cher Alexis ? s'enquit-il auprès de Max d'un ton enjoué.

— Très bien, toujours sous pression par les politiciens qui pensent que les criminels s'arrêtent par des claquements de doigts ou des propos incantatoires.

— Je te rassure, à Bayonne, on a les mêmes.

En présence des cinq enquêteurs, sous la direction du commissaire Gorretcha, un briefing dans les locaux de la PJ bayonnaise débuta par le partage des indices recueillis avec en visioconférence depuis son bureau le patron de la Crim bordelaise, le commissaire divisionnaire Alexis Kellner. Tous épousèrent le même constat. La Crim de Bordeaux et la PJ de Bayonne poursuivaient les mêmes lièvres et devaient unir leurs efforts pour mettre hors d'état de nuire une ou plusieurs bandes de criminels.

☆

Une demi-heure plus tard, la Mégane banalisée d'Imanol et Sergio précédait la C4 Cactus grise de Max, Malou et Mot sur les routes de Basse-Navarre.

Vers onze heures, les deux véhicules se garaient sur le parking français des *ventas* au sommet du col d'Ispéguy. En ce jour de semaine, les boutiques espagnoles étaient closes. Une seule voiture immatriculée en France occupait l'aire de stationnement. Peu enclin à la promenade pédestre décidée par Imanol, Mot se porta volontaire pour assurer la liaison radio depuis le parking.

Quelques nuages coloraient de touches blanches le ciel bleu azur parcouru à haute altitude par les cercles concentriques de buses et milans à la recherche de charogne ou d'un petit mammifère imprudent.

D'un pas décidé les quatre randonneurs s'engagèrent sur le chemin menant au col d'Elhorrieta. Dans les pas d'Imanol, Max féru de cette activité sportive goûtait particulièrement cette escapade impromptue bercée par l'air pur des montagnes basques. Malou en profitait pour se remplir les poumons des senteurs de la forêt aux fragrances d'humus. Seul Sergio, un peu à la traîne, ne parvenait pas à apprécier à sa juste mesure ce moment privilégié réservé aux enquêteurs.

Trente minutes plus tard, les policiers atteignirent le chemin muletier permettant de gagner le *cayolar* de Piztia. Un gros véhicule tout-terrain immatriculé dans les Pyrénées-Atlantiques était stationné faute de pouvoir aller plus loin.

— Si la direction nous dotait de 4x4, on aurait pu venir en véhicule jusqu'ici, déplora Sergio déjà sujet à un mal de pieds dans ses chaussures de randonnée neuves offertes par son ex-copine pour son anniversaire et jamais étrennées.

— Pour un Basque, tu sembles peu apprécier ton territoire ! se moqua Malou en le fixant d'un sourire narquois.

Imanol et Max rigolaient intérieurement, tandis que Sergio vexé feignit d'ignorer la pique ironique de la Bordelaise.

Alors que le groupe atteignait la lisière de la forêt, un coup de feu suivi de deux autres troubla la sérénité du lieu. Aussitôt, les oiseaux présents décollèrent à tire d'ailes vers des contrées plus hospitalières.

— La chasse à la palombe est fermée ! s'étonna Malou intriguée.

— Bizarre, peut-être un braconnier ! ajouta Max.

— Ce n'est pas le tir d'une arme de chasse, mais d'une arme de guerre, rectifia Imanol.

— T'as raison ! On dirait du calibre 7,62 mm, tirs de Kalachnikov ! confirma Max.

Préoccupés, les quatre enquêteurs accélérèrent le pas et débouchèrent sur l'étendue herbeuse de pâture de la bergerie de Piztia. Avant de s'engager à découvert, ils observèrent méticuleusement l'environnement. À quelques centaines de mètres, des brebis à têtes noires broutaient normalement en compagnie de quelques chèvres. Dans l'optique des jumelles d'Imanol, le *cayolar* de Piztia se dessinait, la porte ouverte.

— Étonnant, je n'aperçois pas Piztia, ni ses deux patous. Le bougre, il a l'œil. D'habitude, c'est impossible de venir le rencontrer sans qu'il ne t'attende avec son fusil chargé à portée de main, commenta Imanol. Personne de visible sur la crête, ni dans les parages !

— Sympathique l'accueil ! constata Max.

— Piztia n'est pas un mauvais gars, un peu brut de décoffrage et loin d'être un enfant de chœur. D'ailleurs, tu vas voir la bête. Ancien champion de force basque avec des battoirs à la place des mains. Joueur de rugby au niveau local comme tous les jeunes d'ici, roi des mandales sous les mêlées et dans les échauffourées. Si à l'époque, les cartons avaient existé, il aurait passé plus de temps à se morfondre sur le banc qu'à distribuer sur le terrain. Faudra pas vous étonner, Piztia est peu disert. Il n'aime pas les étrangers et possède une aversion certaine envers les Bordelais.

— Un raciste de première, répliqua Malou.

— Ne t'inquiète pas ! Le rustre apprécie les jolies femmes… et le vin.

— Alcoolo ? se renseigna Max.

— Oui et non ! Un fort penchant pour l'irouleguy, qui je vous l'apprends ou vous le rappelle est le seul cru autochtone.

Mis à part les cloches des brebis, aucun bruit ne les accueillit à leur arrivée au *cayolar*. Pas de berger, ni de chiens en vue. Imanol rentra dans l'antre de Piztia. Vide également. Sur la table en chêne, l'éternelle miche de pain entamée devant un morceau de fromage de brebis, un couteau planté dedans, et le permanent cubitainer d'irouleguy attendaient. Au mur, le reste d'un jambon de Kintoa AOP affiné naturellement dans un séchoir de la vallée des Aldudes suspendu à une poutre embaumait l'atmosphère de son fumet caractéristique.

Pendant ce temps, Max contourna l'abri. Il trébucha sur le corps d'un homme affaissé par terre sur le ventre le long du mur arrière, veillé par un gros chien blanc. Le molosse à l'épaisse robe opaline se leva menaçant en grognant à la découverte d'un inconnu s'approchant de son maître.

— Venez vite ! lança Max. Y'a le berger dans les vapes, plus un patou pas du tout décidé à nous laisser l'approcher.

Les trois autres policiers rappliquèrent aussitôt. Lorsque le chien berger renifla l'odeur d'Imanol, il se recoucha rassuré, toutefois sans quitter des yeux son fidèle maître inanimé.

— Merde, c'est Piztia, annonça d'une voix blanche Imanol. Ne vous inquiétez pas, son patou m'a reconnu.

— Peut-être un malaise ? interrogea Malou.

Imanol et Max retournèrent l'homme. Une large tache rouge écarlate apparut sur sa poitrine.

— On l'a flingué, avertit Imanol à la découverte d'un trou au centre du torse.

— Le cœur bat encore, son pouls est faible, annonça Malou.

Pendant ce temps, Mot examinait les environs, le flingue en main :

— Y'a un autre chien blanc apparemment mort en contrebas !

— L'autre patou de Piztia, confirma Imanol.

Pendant qu'Imanol prévenait les secours et Mot, Malou tenta de prodiguer les premiers soins au blessé tombé dans le coma. Quant à Max, il essaya de déterminer la direction du tir ayant fauché Piztia.

— Le tireur devait être planqué sur la crête à proximité de l'orée du bois, vers la palombière.

— On va aller jeter un œil. L'hélico de la gendarmerie sera ici sous un quart d'heure, ainsi que celui de la protection civile, déclara Imanol.

— Pourvu qu'il tienne jusque-là ! avança Malou toujours affairée sur le berger plus près de rejoindre l'au-delà que de s'accouder à un zinc devant un verre d'irouleguy.

— Heureusement que le bougre est costaud ! Une balle de 7,62 mm dans le buffet, en général cela ne pardonne pas ! poursuivit Imanol les jumelles rivées sur la crête et la lisière du bois.

Le portable de Max résonna :

— Un Land Rover avec deux hommes à bord vient de déboucher du chemin muletier dans un nuage de poussière. Il s'est engagé en trombe dans la descente du col d'Ispéguy, alerta Mot.

— File-le ! C'est sûrement le véhicule des assassins, ordonna Max.

Le capitaine Kevin Daruiz démarra avec quelques secondes de retard sur le 4x4. Le tout-terrain dévalait à tombeau ouvert le col. Bien que le véhicule poursuivi fût loin d'être un modèle sportif et de première jeunesse, son chauffeur devait connaître parfaitement la route. Il anticipait avec dextérité les freinages dans les virages. Malgré sa méconnaissance de la voie, Mot habitué à la conduite sportive sur deux roues, descendait bien et vite. Pourtant, inexorablement le tout-terrain semait la Citroën. Pour rouler à une telle vitesse, ses occupants devaient avoir quelque chose à se reprocher. À mi-côte, Mot aborda trop vite une épingle. Les pneus crissèrent, la berline tangua, le vide se rapprocha. La C4 Cactus évita de justesse la sortie de route grâce au déclenchement de l'ABS et aux réflexes de son chauffeur.

Après la perte de vue du Land et échaudé par cet incident, Mot ralentit, l'immatriculation du fuyard gravée dans son crâne. La filature semblait mal engagée.

— Désolé Max, j'ai failli me viander à mi-col. Je l'ai perdu. Le mec se prend pour un pilote de rallye.

— Continue sans risquer ta peau ! L'hélico arrive. Tu vas avoir besoin de cours de conduite sportive sur quatre roues, le chambra Max.

— J'espère que tu possèdes son immat ! surenchérit Imanol.

— Imanol, tu me prends pour une bille !

— Bon, je préviens la gendarmerie de Saint-Étienne-de-Baïgorry pour son interception en bas du col.

— OK !

Coup de chance, une patrouille de trois gendarmes rentrant de la frontière arrivait au carrefour entre la départementale de la vallée des Aldudes et celle du col. Le véhicule recherché allait se présenter incessamment au contrôle immédiatement dressé. Un des militaires prit place en retrait armé d'un pistolet-mitrailleur.

Mot atteignit le point de contrôle.

— Capitaine Daruiz, où est passé votre client ? l'interpella aussitôt le chef de patrouille mis au courant par Imanol de l'identité du policier arrivant au volant du véhicule banalisé.

— J'allais vous poser la même question Chef. C'est la seule route qui arrive du col jusqu'à ce carrefour. Je ne comprends pas, avoua Mot déconfit.

— Pas exactement ! Soit, il s'est arrêté dans une des propriétés en amont, soit il a pris la rue Michelene. Le véhicule suspect a dû s'échapper par celle-ci.

— Où mène cette rue ?

— Vers le centre bourg ou Banca.

— Heureusement, l'hélico de la gendarmerie arrive.

*

L'hélicoptère jaune et rouge de la Sécurité civile se dessina dans le ciel. Vu la configuration du terrain, son atterrissage s'avéra impossible. En vol stationnaire à ras du sol, l'appareil déposa la médecin du SAMU de Bayonne et un infirmier à proximité de la bergerie.

— Capitaine Imanol Etcheberry de la PJ de Bayonne. Le berger a perdu connaissance. Il a reçu une balle de AK47 dans la poitrine, annonça d'emblée Imanol à l'équipe de secours.

— Docteure Elaïa Huarte, SAMU Bayonne. Y'a pas une minute à perdre. Il est très faible. Cet homme a perdu beaucoup de sang. Je soupçonne une hémorragie interne. Aidez-nous à le mettre dans le matelas coquille et à le transporter jusqu'à l'hélico !

— Il lui reste une chance, s'inquiéta Malou.

— Une minime, on va faire le maximum, confia la médecin des urgences avec gravité.

Les policiers portèrent le brancard de Piztia jusqu'à l'*EC 145* qui venait de se repositionner en vol stationnaire au ras de la crête. Dès l'installation à bord du blessé en urgence absolue, l'hélicoptère du SAMU s'envola en direction de l'hôpital de Bayonne où une équipe de soignants s'apprêtait déjà à sa prise en charge.

Trois des quatre enquêteurs gagnèrent la palombière repérée. Les lieux étaient vides. Par contre, quelques herbes foulées dénotaient une présence humaine très récente. Une fine trace de terre fraîche sur l'échelle d'accès au poste de tir apparut nettement. Ils fouillèrent à fond le site. Le volet de tir était encore entrouvert.

— J'ai trouvé une douille, s'écria Malou en brandissant avec précaution son trophée en laiton.

— Balle de 7,62 mm de Kalachnikov, confirma aussitôt Max.

Après un ratissage en règle de la palombière, deux autres douilles furent récupérées.

— Trois tirs, un sur un patou et deux sur le berger. Heureusement que l'une des deux a raté d'extrême justesse sa cible, autrement Piztia n'avait aucune chance, argua Imanol songeur. Le salaud l'a tiré comme une vulgaire palombe.

— Ouais… Un joli tir de précision sur cible mouvante à trois cents mètres environ avec une arme de guerre. Le tireur n'est pas un manchot, ajouta Max.

— Que fout l'hélico de la gendarmerie ? Il devrait déjà être là ! râla Imanol.

À nouveau, Mot contacta son patron :

— Le Land ne s'est pas présenté au barrage de gendarmerie. Il se serait échappé par une petite rue amont.

— Dans quelle direction ?

— Nord ou sud ! Et l'hélico ?

— Aucune nouvelle ! Attends, j'entends un bruit de pales… Il arrive. Je te rappelle.

L'*EC 145* de la gendarmerie déposa un gendarme auprès de la bergerie et redécolla immédiatement pour se lancer sur les traces du tout-terrain soupçonné d'être le véhicule des tueurs. Les yeux humides, le patou suivit de son regard affligé le gros oiseau emportant son maître jusqu'à ce qu'il disparût à l'horizon.

— Et les brebis, qui va s'en occuper en dehors du patou restant ? s'inquiéta Malou.

— Les gendarmes vont prévenir le maire de la commune. Un berger viendra prendre le relais. La solidarité est forte dans ses contrées reculées, expliqua Imanol.

— Pas pour tout le monde ! Pour venir abattre un homme à ce *cayolar*, il faut être un autochtone, ajouta Max.

— Je suis d'accord avec toi. Le hasard n'existe pas dans les enquêtes criminelles. On rentre.

*

À son arrivée à l'hôtel de police de Bayonne, Imanol prit connaissance du rapport de la perquisition menée par la police basque espagnole au domicile d'Irun de Maria Dolores Sanchez. L'Erzaintza n'avait rien trouvé. Aussitôt, Imanol demanda la levée de la garde à vue de la femme de chambre de l'hôtel *Miramar*.

Les nouvelles en provenance de l'hôpital de Bayonne au sujet de Piztia étaient inquiétantes. Déjà dans le coma, le berger avait fait un arrêt cardiaque à son arrivée dans le service de réanimation. Son cœur était reparti, mais pour combien de temps ! Une importante hémorragie interne lui avait coûté beaucoup de sang. A priori, aucun organe vital n'était touché, hormis un poumon perforé. Le projectile avait manqué le cœur de quelques millimètres. Cependant, une blessure par une balle de Kalachnikov laissait toujours de profondes déchirures dans les chairs pouvant s'avérer un passeport pour l'au-delà.

10 – Vera de Bidasoa

Paskual Jimenez, garagiste à Vera de Bidasoa, remplaçait l'alternateur grillé d'une Seat. Il se rendit dans sa réserve pour récupérer la pièce d'occasion provenant d'une casse locale. Par hasard, ses yeux tombèrent sur un article de la feuille de journal l'enveloppant. Dès sa lecture terminée, il gagna en combinaison de travail le bureau de son épouse Arantxa, secrétaire et comptable du garage familial. Énervé, la mine renfrognée, il jeta sous les yeux de sa femme une page tachée et déchirée du quotidien français *Sud Ouest*.

— Lis, ordonna-t-il d'un ton péremptoire.

Surprise par l'intrusion de son mari furieux, Arantxa le regarda interloqué et découvrit un article de quelques lignes entouré en rouge relatif à l'actualité locale de la ville frontalière d'Hendaye. Après en avoir pris connaissance, elle déclara d'une manière badine :

— Un accident sur la corniche française, et alors ?

— L'article décrit un véhicule transportant une cargaison de cigarettes de contrebande, conduit par une Biarrote. Regarde la date !

— Paskual, t'as raison !

— Ton contact à Hendaye, c'était bien une femme de Biarritz avec une Volvo break !

— Oui, elle s'appelle Charlotte de Larralde et habite à Biarritz.

— Je te l'ai déjà dit. Tu as été très imprudente de proposer des cigarettes à cette boxeuse française, Malou je ne sais quoi…

— Malou Gratien.

— De plus, une fliquette et non une employée de supermarché, comme elle l'a prétendu.

— En tout cas, c'est une véritable boxeuse, lâcha Arantxa Jimenez sur la défensive.

— D'accord, par contre au gala de Vera, elle n'était pas seulement accompagnée de son entraîneur. T'as qu'à demander à Pedro, son pif ressemble toujours à une pastèque échappée de sa cagette.

— Je sais ! Et puis, il a pris un pommeau de douche en pleine tronche et son idiot de pote s'est fait casser le bras.

— Tu la défends…

— Non ! Mais, si ces deux cons ne s'étaient pas mis dans la tête l'idée de la violer, on n'en serait pas là !

— Peut-être ! Ce ne sont pas des lumières. Quand ils secouent la tête, on entend le tocsin. En tout cas, le patron ne les paye pas pour leur intelligence, mais pour leurs gros bras.

— Deux gus aux biceps hypertrophiés et à la caboche vide, corrigés par une nana à poil venant de prendre une branlée sur le ring, à mourir de rire ! Enfin, lorsque les andouilles voleront, ils seront chefs d'escadrille !

— Ça suffit tes insinuations ! T'es bien placée pour savoir que ce petit trafic permet au garage d'éviter la faillite ! s'énerva Paskual, rouge comme un coquelicot, prêt à péter une durite ou à couler une bielle.

Étant donné l'état d'excitation de son mari, Arantxa n'ajouta rien et fit profil bas. Elle se sentait un peu coupable d'avoir pris cette initiative sans en référer à son époux. Son unique rôle dans ce trafic consistait à assurer les livraisons à des contacts français.

Bon mécanicien, son conjoint ne comptait pas ses heures. Cependant, les temps étaient difficiles pour les petits artisans concurrencés de plein fouet par les grosses structures et soumis aux contrôles intrusifs du fisc à la recherche permanente d'euros. De plus, leur affaire faisait vivre également leurs deux fils, Xabi et Eneko.

La passion pour le tir à la carabine de l'aîné, Xabi, revenait cher. Évidemment, ses parents se montraient très fiers de son titre de champion de Gipuzkoa remporté récemment à San Sebastian. Toutefois, cette consécration régionale lui ouvrait les portes du titre national avec à la clef encore plus de frais suite aux déplacements à réaliser sur tout le territoire espagnol. Xabi percevait bien une petite aide de la fédération sportive de sa province, mais celle-ci était tellement minime qu'elle permettait tout juste de payer l'essence de son véhicule.

En dépit de sa satisfaction de la réussite sportive de son fils aîné, Arantxa souhaitait le voir s'intéresser à la gent féminine. Pour le moment, Xabi semblait plus apprécier la compagnie des moteurs et des armes que celle des femmes.

— Trop de coïncidences ! Y'a un loup quelque part ! On fait le ménage et on suspend les livraisons en France pour le moment, ordre du boss ! Le résultat de tes conneries : plus de revenus annexes ! balança Paskual en quittant le bureau, non sans avoir presque dégondé la porte vitrée du secrétariat.

Arantxa avait une proposition à faire à son mari. Suite à l'esclandre du jour, elle n'osa pas l'aborder. Ses deux fils consacraient la majeure partie de leurs loisirs au garage et ne prenaient jamais de congés. Elle désirait que Paskual leur laissât un peu plus de liberté.

✯

Quelques jours plus tôt au Pays basque français…

Un temps pourri masquait les contreforts des collines basques. La brume sournoise infiltrée dans les vallons n'arrivait pas à se lever. Tombée durant toute la nuit, une pluie froide gorgeait les ruisseaux et les rivières et rendait extrêmement glissant les chemins de randonnée. Pourtant, depuis l'aube, harnachés tels des soldats sur le sentier de la guerre, quatre hommes cheminaient sous le couvert végétal en direction d'une ancienne bergerie isolée de Basse Navarre, équipés de sacs à dos kaki d'une trentaine de kilos chacun. La petite colonne avançait en silence, les sens aux aguets. Une rencontre avec une patrouille des douanes ou de gendarmerie semblait peu probable par cette météo très capricieuse. Néanmoins, la malchance existait, il fallait en tenir compte. Avec ces conditions météorologiques, certains passages se révélaient dangereux pour des hommes chargés. À mi-parcours, l'un d'eux glissa sur un rocher boueux et se retrouva projeté la tête la première contre un arbre.

— T'es blessé, ton front pisse le sang ! constata un de ses compagnons en l'aidant à se relever.

— C'est rien, je vais mettre un bandage.

Au bout de deux heures de ce périple frais et humide, mais sans vent, les marcheurs atteignirent enfin le lieu de rendez-vous sans autre incident ni rencontre fâcheuse.

Orientée plein est, sous des chênes séculaires, la bâtisse en pierre du pays avec ses blocs de grès encadrant les rares ouvertures ne payait pas de mine et paraissait vide. Seule une légère odeur âcre de fumée stagnante trahissait l'occupation des lieux. Pourtant, dès l'approche des randonneurs, la porte s'ouvrit sur un gaillard taillé comme une armoire basque, revêtu d'un treillis, chaussé de rangers, armé d'un fusil d'assaut Kalachnikov.

Sans un mot, il introduisit trois des quatre arrivants dans l'arrière-salle où les attendait un homme aux yeux noirs à la chevelure grisonnante, de taille et corpulence moyenne, également en treillis et rangers, armé d'un pistolet semi-automatique accroché à la ceinture.

Sur invitation de l'hôte, les trois hommes prirent place autour de la lourde table en chêne patiné par les ans. Pendant ce temps, le quatrième retira son bonnet et sortit de son sac à dos un fusil automatique, puis se joignit au garde du corps de l'accueillant pour monter la garde.

— Tu t'es ramassé la tronche en montant ? interrogea le sbire en découvrant le bandeau sanguinolent sur la tête de son homologue. Fais-toi soigner par Lorea ! Dans le passé, elle était infirmière aux urgences.

— Tu me l'apprends.

— Lorea, sers-nous le café ! lança le boss en préalable de la réunion d'une voix autoritaire.

Aussitôt, une petite jeune femme brune très mince d'une quarantaine d'années, d'apparence effacée, habillée tout en noir, les cheveux attachés en queue-de-cheval par une barrette, sortit du coin cuisine de la bergerie. Sans un mot, elle déposa devant le quatuor un plateau chargé d'une cafetière bouillante remplie d'un odorant arabica, quatre tasses ébréchées et un gâteau basque cuit au feu de bois dans le vieux four du *cayolar*.

— L'heure est grave. Depuis ce stupide accident sur la corniche, les flics tracent notre business. L'air de rien, leur enquête se rapproche. Quelqu'un les a rancardés !

— T'en es sûr ! se renseigna celui assis en face de lui en trempant ses lèvres dans le breuvage caféiné.

— Certain ! Et puis, une grave imprudence a été commise. Pour l'instant, je vous demande de mettre notre commerce en stand-by !

— Tout ! s'étonna un autre.

— Nous n'avons pas le choix, si nous voulons éviter d'être nourri et blanchi par l'État français.

— OK, on stoppe tout et on attend des jours meilleurs.

— Oui ! Mais, il faut couper la branche pourrie, poursuivit le boss.

— Qui est-elle ?

— Piztia !

— Ce n'est pas possible. Je le connais bien. La délation n'est pas son genre ! insista surpris le premier questionneur en reposant vivement sa tasse à café.

— Fantxoa, les sentiments n'ont pas leur place dans notre… métier. Piztia a eu récemment la visite d'un flic de la PJ de Bayonne, un ex-rugbyman de l'Aviron. Je le sais de source sûre. Et depuis, les poulets s'intéressent à certains d'entre nous et traînent leurs guêtres sur nos territoires.

Un silence lourd succéda aux propos du patron. Personne n'osait rompre ce moment d'assimilation des informations données. Maintenant, lequel d'entre eux serait désigné pour accomplir cette sale besogne, l'élimination d'un compagnon de lutte, voire d'un ami. Tous avaient déjà trempé dans des affaires criminelles, tous possédaient du sang sur les mains.

— Tu t'en chargeras, ordonna-t-il au troisième larron resté muet jusqu'à présent tout en étant attentif aux propos du patron.

— Ce sera fait Chef, répondit avec déférence l'homme au sombre regard d'acier et à l'accent typique.

Les deux autres truands ne trahirent pas leur satisfaction de laisser cette vile tâche à leur compagnon : abattre un homme connu de longue date, une légende locale des jeux traditionnels de force basque, une figure de la vallée des Aldudes et un lascar toujours prêt à en découdre malgré ses soixante balais bien tassés.

✯

Le tueur choisi savoura la confiance de son boss. La tenue d'une vie entre ses mains lui importait peu. Ce genre de mission le stimulait. Il avait déjà éprouvé cette jouissance perverse d'épier sa cible dans son viseur et de contempler les derniers instants qu'il lui concédait à vivre.

Bien qu'élevé suivant une éducation catholique dans un établissement privé sous la coupe de religieux rigoristes, sa moralité demeurait un pieux souvenir, s'il en eût possédé une un jour. L'empathie symbolisait un mot dénué de sens.

Le lieu de l'intervention lui était familier : une bergerie isolée dans une pente herbeuse à proximité de la frontière espagnole, surplombée par une crête avec une palombière. Le mode opératoire s'inscrivait déjà dans son cerveau. Après une approche en mode commando, il s'installerait discrètement dans le poste de tir de la palombière. Le délateur serait abattu d'une balle tirée à trois cents mètres.

La distance ne posait aucun problème. Auparavant, il avait supprimé une cible d'un seul projectile au milieu du front lâché à un intervalle supérieur.

Ce nouveau contrat comportait encore plus de piment que les précédents. Dans ses veines, l'adrénaline propre à l'action montait déjà. Cette palombe renégate sans ailes n'avait aucune chance de s'envoler, sinon pour le ciel ou l'enfer, peu importe.

Toutefois, loin d'être une tête brûlée, il connaissait la dangerosité de cette cible. Le dénommé Piztia maniait le fusil de chasse avec une dextérité et une précision rares. Il abattait tout gibier d'une unique cartouche. Deux fidèles patous accompagnaient en permanence le berger et son troupeau. Surtout, ne pas se faire repérer par ces chiens capables de mettre en fuite un ours et de l'affronter si nécessaire, habitués à détecter tout intrus visuellement ou olfactivement à bonne distance !

Parmi son arsenal d'armes, sa préférée restait la plus usitée au monde, le légendaire fusil automatique russe AK 47. Le calibre des balles de Kalachnikov laissait peu de chance à la survie. Bien sûr, ce fusil d'assaut ne possédait pas une réputation de précision, mais ce constat ne posait aucun problème à un tireur tel que lui.

Peu doué pour les études, apprenti dès ses quatorze ans, à dix-sept il tenta d'intégrer l'armée pour devenir tireur d'élite. Cependant, ses difficultés à se plier aux règles et devoirs l'avaient empêché de franchir le cap des sélections. Alors, déçu et aigri, pour mettre du beurre dans les épinards, il s'était tourné vers les activités criminelles, encouragé par un environnement familial propice.

11 – Journée bleue

Mai deux mille dix-neuf

Un soleil magnifique irisait les façades couleur chaux des maisons traditionnelles du village d'Irouleguy. La température relevait plus d'une journée du mois d'août que du milieu de printemps. En ce début d'après-midi incitant plus au farniente qu'au travail, les rues étaient désertes excepté quelques chiens divaguant librement et des chats alanguis se prélassant d'un œil sous une ombre bienvenue. La cloche de l'église venait de rappeler sa présence aux Irulegitars calfeutrés derrière leurs volets fermés. Afin de ne pas être en reste, seul dans son enclos, un âne domestique en mal d'ânesse, crut bon de lancer son onomatopée distinctive d'une musicalité discutable : *iii ahn.*

Un bruit de moteur lancé à plein régime vint troubler cette quiétude printanière. Coup de frein, crissements de pneus sur le bitume brûlant, suivis de plusieurs rafales caractéristiques d'une arme de guerre. Accélération violente, freinage brusque quelques secondes plus tard, nouvelles rafales identiques aux précédentes. Nouvelle accélération rageuse, puis le bruit du moteur qui s'éloigne jusqu'à se perdre dans la campagne environnante.

En suivant, quelques portes s'entrouvrirent prudemment

sur des têtes anxieuses. Des regards hébétés se scotchèrent derrière les volets entrebâillés. Debout devant son établissement, un fusil à la main, le patron du café *Oylarandoy,* Eder Amestoy contemplait rageur sa devanture criblée de balles. Les vitres de la porte et de la fenêtre du débit de boissons gisaient réduites en morceaux au sol. En boucle, il répétait pour lui-même et quelques téméraires osant s'aventurer à nouveau dans la rue :

— Heureusement, qu'à cette heure-là, je suis fermé. Autrement, on était tous morts.

Plus tard, derrière son comptoir, sous la lumière artificielle suite au contreplaqué remplaçant provisoirement ses vitrages, son discours se transforma en :

— Si je chope ce fils de pute, je lui fais la peau.

Une minute plus tard, le maire d'Irouleguy arriva la mine sombre. Alors qu'il visualisait les dégâts chez son concitoyen, son portable sonna :

— Monsieur le Maire, venez vite, la mairie a été mitraillée, lâcha la voix affolée et paniquée de la secrétaire de mairie réfugiée à quatre pattes sous son bureau.

Aussitôt, le premier magistrat abandonna le cafetier à ses plaintes et lamentations devant son établissement ruiné et courut à sa mairie toute proche. Arrivé essoufflé et stressé, devant le triste spectacle de la façade en blanc chaulé repeinte la semaine précédente parsemée d'impacts de balles, il resta tétanisé à son tour.

La porte d'entrée de la mairie béait, l'huisserie en chêne éclatée. Les encadrements et linteaux des ouvrants en grès rose ressemblaient à des cratères lunaires. Les fenêtres au vitrage envolé et les volets en bois rouge basque pendaient désarticulés. Désorienté et désabusé, le maire en oublia de gravir la volée de marche pour délivrer sa secrétaire paralysée sous son pupitre.

Ce double attentat fit remonter à sa mémoire de vieux souvenirs qu'il avait cru enfuis pour toujours. On ne s'attaquait pas sans raison à la maison représentative du pouvoir local, surtout en cette période où les attributions des maires de campagne se réduisaient comme peau de chagrin au profit des communautés de communes.

Que signifiait un mitraillage concomitant de la mairie avec l'unique lieu de vie du village, le bistrot ?

Ses réflexions se trouvèrent interrompues par la sortie précautionneuse de la secrétaire de mairie tremblotante et en larmes, couverte de petits débris de bois et d'enduit, et l'arrivée d'un équipage de la gendarmerie de Saint-Étienne-de-Baïgorry avec la discrétion d'un chien jappant dans un jeu de quilles.

— Monsieur le Maire, Monsieur le Maire…, répétait inlassablement la secrétaire très choquée, cramponnée à son premier magistrat telle une huître sauvage sur son rocher recouvert par la marée, au bord de la crise de nerfs.

Celui-ci essaya de la réconforter, sans succès. Parvenue également sur les talons des militaires, l'ambulance des pompiers prit aussitôt en charge l'infortunée agente territoriale, seule blessée de l'attentat, a priori de nature émotionnelle, pour l'évacuer dans un premier temps vers la maison médicale.

Au vu de l'état du secrétariat de mairie ravagé par les tirs, cloisons perforées, lustre éclaté, débris multiples de verre, de pierre, de plâtre, de bois, jonchant le sol et le mobilier, cette victime innocente venait de connaître la frayeur de sa vie.

L'adjudant-chef Patxi Estérençuby, commandant la brigade de proximité, récupéra plusieurs douilles sur les deux sites canardés. Le calibre des munitions authentifia l'utilisation d'un ou plusieurs fusils d'assaut de marque Kalachnikov. La radio de bord de son véhicule l'interrompit dans ses premières conclusions :

— Chef, la brigade vient d'être mitraillée par deux individus à bord d'une BMW grise. Aucune victime, mais toutes les vitres de l'atelier sont brisées et le Kangoo de patrouille ressemble à une passoire, annonça son adjoint.

Un bip sur le portable du chef de brigade indiqua un autre appel en provenance de la mairie de Saint-Étienne-de-Baïgorry :

— Le monument aux morts a été tagué par une inscription à la peinture noire : ETA.

Dans l'heure suivante, les bourgs d'Irouleguy et de Saint-Étienne-de-Baïgorry se trouvèrent bouclés et investis par une multitude de gendarmes revêtus de gilet pare-balles et armés de pistolet-mitrailleur, rejoints par plusieurs limiers gantés de la gendarmerie scientifique affublés d'une combinaison intégrale blanche et le visage masqué.

Les gyrophares bleus donnaient l'impression irréelle d'une illumination de Noël sans sapin. Des barrages se dressèrent sur tous les axes du département des Pyrénées-Atlantiques. Les contrôles aux frontières réapparurent. L'hélicoptère de la gendarmerie surnommé *Condor 64* survolait de long en large la vallée des Aldudes, la partie est du pays de Cize et le triangle formé par les communes de Saint-Martin-d'Arrossa, Saint-Jean-Pied-de-Port et Saint-Étienne-de-Baïgorry.

Rapidement, l'*EC 145* repéra un panache de fumée noire

s'élevant en lisière d'un petit bois situé entre les deux communes touchées.

— Une 308 blanche est en feu en lisière d'un bois de chênes, annonça le copilote les yeux rivés sur l'écran de la caméra embarquée.

Un peu plus tard, une BMW gris clair grossièrement dissimulée sous un bosquet de hêtres dans un site isolé à proximité de la Nive des Aldudes attira l'attention de *Condor 64*. Des traces d'incendie étaient visibles au niveau du compartiment moteur. Le second véhicule recherché était là. Les criminels l'avaient incendié, sans succès.

✯

Prévenu par le chef de la gendarmerie de Saint-Étienne-de-Baïgorry, le capitaine Imanol Etcheberry prit immédiatement la direction d'Irouleguy en compagnie de son adjoint, le lieutenant Sergio Erroitegui, et des capitaines Malaury Besnier et Kevin Daruiz de la Crim de Bordeaux détachés en renfort auprès de la PJ de Bayonne pour les enquêtes sur les trafics de cigarettes et de fausse monnaie. Le procureur de la République de Bayonne était également en route.

Les journalistes de la presse locale se pressaient déjà sur les sites atteints à la recherche du moindre témoignage permettant d'étayer leurs articles en ligne sur Internet ou publiés dans les prochains quotidiens et hebdomadaires. Ceux de la presse nationale affrétaient des vols privés pour le Pays basque. Les chaînes d'information en continu telles *KNews* et *TBM* animaient déjà des plateaux de consultants considérés experts en tout par certains et en rien par d'autres. Des mauvaises langues firent remarquer que les mêmes étaient précédemment conseillers en Moyen-Orient et en armement nucléaire.

Une politicienne supportrice d'un président-joueur américain de golf tweetait sur le Net et bavait sur les radios envers le laxisme récurrent de l'État depuis des années vis-à-vis des groupes terroristes. Un autre à l'opposé sur l'échiquier politique scandait sur les mêmes médias sa déclaration sur le thème de la responsabilité universelle du gouvernement.

Soucieux de sa prometteuse carrière, le sous-préfet de Bayonne ne quittait pas son portable pour renseigner le préfet des Pyrénées-Atlantiques en liaison permanente avec le ministère de l'Intérieur, où une cellule de crise venait d'être activée.

Plusieurs personnages de l'ombre de la direction générale de la Sécurité intérieure écumaient aussi discrètement que possible les lieux et pressuraient leurs réseaux d'informateurs. Les radars de la DGSI n'avaient pas repéré la probabilité de survenance de tels actes criminels. Le ministère de l'Intérieur attendait leurs conclusions pour saisir si nécessaire le Parquet national antiterroriste.

Un officier de la DGSI interpella le capitaine Etcheberry :

— Qu'en pensez-vous ? Terrorisme ou droit commun ?

Imanol ne prit pas le temps de réfléchir :

— Sans équivoque, droit commun. L'ETA s'est dissous. Le mode opératoire ne ressemble pas aux actions passées de ce mouvement. Et puis, jamais l'ETA n'a profané un monument aux morts, de plus un comportant des noms de soldats basques. Ces actes sont clairement une diversion pour nous entraîner sur une mauvaise piste.

— Et dans quel but ?

— Tout simplement, pour permettre à des réseaux criminels de poursuivre leurs trafics très lucratifs ! Pour moi, cette action prouve que les enquêtes concomitantes de la PJ de Bayonne et de la Crim de Bordeaux sont sur la bonne voie.

— Merci Capitaine, termina l'officier en rejoignant l'ombre gage de sécurité pour son job.

L'officier consulta ses collègues examinant cette affaire. Puis, il câbla à sa direction : *affaire de droit commun*.

Dans l'heure suivante, le Proc de Bayonne contacta le commissaire Patrick Gorretcha, chef de la PJ de Bayonne :

— Commissaire, ces attentats relèvent du droit commun. L'enquête vous est confiée.

— Merci pour votre confiance Monsieur le Procureur, répondit le patron de la PJ sans laisser transparaître sa satisfaction de conserver les mains libres pour arrêter les tueurs, les trafiquants de cigarettes et les faux-monnayeurs.

Dès leur arrivée sur site, Imanol et ses collaborateurs s'imprégnèrent de tous les lieux concernés. Plantés devant le *Café Oylarandoy*, tous quatre observaient la façade criblée d'impacts et ses environs.

— Imanol, le petit vieux n'a pas été blessé ? s'inquiéta Sergio.

— Je n'en ai pas entendu parler. Il devait être absent.

— Je jurerais que quelqu'un nous épie par les volets entrouverts, avertit Malou les yeux braqués sur la fenêtre droite de l'étage de la maison d'en face calfeutrée contre le soleil et les regards indiscrets.

Imanol s'adressa au chef de la brigade de proximité de gendarmerie :

— Qu'a donné l'audition du voisinage ?

— Négatif pour le moment Capitaine. Personne n'a rien vu.

— Ni entendu ! Et dans la maison d'en face ?

— A priori, Maïtena Enegoyen est chez sa fille.

— Je n'en suis pas si sûr, déclara Imanol en appuyant sur la sonnette de ladite habitation à la façade inondée de soleil.

Le silence lui répondit. Il insista. Finalement, une octogénaire plus très vaillante, en chemise de nuit fanée à fleurs et en pantoufles, ouvrit précautionneusement la massive porte d'entrée rouge sang de bœuf.

— Entrez, dit-elle simplement d'une voix fatiguée par les ans et la cigarette.

Imanol et Malou se glissèrent par l'entrebâillement. Ils se retrouvèrent dans une maison traditionnelle aux murs intérieurs uniformément blancs. Le mobilier en chêne sentait l'encaustique. Pas une once de poussière, aucune toile d'araignée, rien ne traînait, même pas la moindre revue. Le temps semblait suspendu dans cet univers privé tenant plus du musée que de l'habitation.

— Depuis la mort de mon pauvre mari, je vis seule dans mes souvenirs. Je ne sors plus. Je n'ai plus goût à rien, reconnut Maïtena Enegoyen sans interrogation des enquêteurs.

— Par contre, vous avez conservé une bonne vue et une excellente ouïe, affirma Imanol avec perspicacité.

— Heureusement ! Vous prendrez bien un thé ou un café ?

Du regard, les deux policiers se concertèrent.

— Deux cafés, répondit Malou en souriant à la vieille dame.

D'un vaisselier typique, Maïtena sortit des tasses et soucoupes en grès au décor basque Amatxi[24], sans oublier le sucrier avec sa pince en argent, plus un plat garni de délicieux petits gâteaux basques à la crème pâtissière. Les deux enquêteurs attendirent patiemment le service avant de questionner la maîtresse de maison. Une fois ses lèvres trempées dans le café, Malou embraya :

— Je sais à quel point il est difficile de se retrouver veuve. Ma grand-mère maternelle est dans ce cas.

— Et oui, la vie est loin d'être un long fleuve tranquille, admit avec fatalisme Maïtena qui commençait à se détendre, et sans se l'avouer, se trouvait ravie de partager un moment avec deux visiteurs.

Cette policière lui plaisait. Elle avait fait preuve d'empathie à son égard. Son chef ne paraissait pas déplaisant malgré son gabarit digne d'une armoire basque incitant à changer de trottoir.

— Maïtena, je peux vous appeler par votre prénom, si cela ne vous dérange pas, tenta Malou.

— Avec plaisir.

— Maïtena que s'est-il passé vers quinze heures ?

— Je somnolais dans mon fauteuil, lorsque je fus réveillée par le bruit d'un véhicule lancé à vive allure. J'ai regardé par l'entrebâillement des volets. Une Peugeot 308 blanche avec deux hommes cagoulés a surgi et stoppé net au niveau du café d'en face. Le passager est descendu et a tiré des rafales sur sa façade. Ensuite, la voiture est repartie à

---

24 Décor traditionnel basque

toute vitesse en direction de la mairie.

— Êtes-vous certaine que c'était une 308 ? se renseigna Imanol.

— Tout à fait Capitaine ! Mon mari possédait un véhicule identique.

— Très bien Maïtena ! Avez-vous quelque chose d'autre à nous dire ?

— Oui… D'habitude, le vieux Maurice passe toutes ses matinées et après-midi appuyé sur son *makila* debout ou assis sur le banc de pierre de sa maison contiguë au café. Aujourd'hui, il est apparu seulement après la fusillade.

— Il a peut-être eu un empêchement, la rassura Malou.

— Cela n'arrive jamais ! Il occupe ses journées à surveiller les va-et-vient. Vous devriez l'employer !

— Vous n'avez pas l'air de l'apprécier !

— C'est vrai ! Vous savez, dans tous les villages, des contentieux existent entre les familles, transmis de génération en génération. Nos parents ne se sont jamais entendus, ni fréquentés.

— Pourtant, vous avez sûrement connu la même école ?

— Oui, à l'*ikastola*[25]. Toutefois, on n'était pas dans la même classe. Les filles et les garçons étaient séparés à cette époque. Dans la cour de récréation commune, on ne se mélangeait jamais. Les filles jouaient entre elles à des jeux de filles pendant que les garçons passaient leur temps à se quereller. Comme à l'église, les femmes d'un côté, les hommes de l'autre, raconta l'octogénaire avec un voile de nostalgie flottant devant ses yeux humides.

— Comment s'appelle votre voisin d'en face ?

---

25 École en langue basque

— Maurice… Maurice Etxeto.

— Possède-t-il de la famille ?

— Trois enfants, plus des petits-enfants. Ses deux filles vivent en Argentine, le plus jeune, une vraie tête brûlée et un peu braconnier, habite à Bayonne.

— Connaissez-vous sa profession ?

— François Etxeto, tout le monde l'appelle Fantxoa, possède une salle de sport sur Bayonne.

Pendant ce temps, Sergio récupéra les coordonnées des véhicules incendiés. La 308 avait été dérobée la nuit précédente sur le site de l'entreprise de travaux publics Coluty de Cambo. Quant à la BMW 320 volée à proximité de la gare de Biarritz, elle appartenait à un Biarrot en voyage d'affaires à Paris. L'homme apprit par un appel de la gendarmerie la disparition et la destruction de son véhicule. Tous les deux étaient munis de fausses plaques d'immatriculation et les dispositifs de démarrage avaient été court-circuités.

De la 308 blanche, il ne restait qu'une carcasse noircie impossible à faire parler. Par contre, l'épave de la BMW intéressa la police scientifique. Plusieurs empreintes et traces d'ADN furent récupérées dans l'habitacle épargné par le départ d'incendie. Les pédales et les tapis comportaient des résidus frais d'humus. Sans aucun doute, les malfrats devaient être pressés de changer de monture : un chargeur inutilisé d'AK 47 gisait orphelin sous le siège passager.

Le lendemain, Imanol trouva sur la messagerie de son ordinateur le courriel de la scientifique avec les résultats des prélèvements et analyses effectués dans la berline allemande.

La terre trouvée dans la BMW provenait du lieu de destruction de la Peugeot. Les empreintes récoltées sur les commandes, les sièges et les garnitures de l'habitacle, ainsi que les ADN appartenaient au propriétaire du véhicule et à son épouse. Quand à l'empreinte et à l'ADN découverts sur le chargeur égaré sous le siège avant droit, le résultat laissa perplexe Imanol.

Afin d'être certain que son cerveau ne lui jouait pas la comédie, il relut plusieurs fois le nom inscrit avant d'informer Sergio :

— Es-tu assis ?

— Ben oui, pourquoi ?

— La propriétaire de l'empreinte et de l'ADN isolés sur le chargeur n'est autre que notre victime de la corniche, Charlotte de Larralde.

— Ah ouais… ! Pour une surprise, c'est une surprise !

— En vingt ans de carrière, c'est la première fois qu'une personne six pieds sous terre manie un chargeur après son décès.

— Ils se sont peut-être plantés !

— Non, c'est impossible. Leurs protocoles font partie des plus rigoureux du monde.

— Alors, qu'en déduis-tu ?

Avant de répondre à son collaborateur, Imanol s'accorda quelques instants de réflexion.

— Primo : une seule équipe de deux malfrats a opéré. Secondo : Ils étaient cagoulés et gantés. Tertio : Charlotte de Larralde a manipulé ce chargeur sans précaution particulière avant sa mort.

12 – Rappel à l'ordre

De retour du tribunal d'instance, Malou entra très énervée dans le bureau d'Imanol.

— Dans la salle des pas perdus, j'ai fait la connaissance de Maître Salomé Le Gall. Le directeur du *Miramar* vient de lancer une procédure de licenciement pour faute grave à l'encontre de sa femme de service, Maria Dolores Sanchez. Depuis la réception du pli recommandé, sa cliente déprime. Elle est en arrêt de maladie et évoque sa tentation de mettre fin à ses jours.

— Le salaud ! Encore un cravaté du col, bien à l'aise dans son rôle de petit chef et dans son confort matériel, qui n'en a rien à foutre du sort des petites gens, gronda Imanol en se levant agacé de son fauteuil à roulettes. Heureusement que cette employée serait soi-disant son meilleur élément dans ce job de merde. Et monsieur la vire comme une moins que rien parce que la police l'a auditionnée sous le régime de la garde à vue.

— Je vais aller faire la connaissance de ce…

— Aurélien Delabrosse.

— De ce Delabrosse… en suivant, affirma Malou en ajustant son Glock dans son holster dissimulé sous son blouson en cuir.

— Malou, pas de connerie ! Que l'on ne se retrouve pas

avec les Bœuf-carottes aux fesses !

— Ne t'inquiète pas Imanol. Je vais seulement amener cet enfoiré à un minimum d'empathie envers son personnel.

En milieu de matinée, la capitaine Malaury Besnier se présenta devant le comptoir d'accueil en acajou verni de l'hôtel-restaurant *Miramar*, plus remontée qu'une horloge comtoise.

— Je voudrais rencontrer votre directeur, lâcha-t-elle aussitôt au réceptionniste dérangé dans son sudoku.

— Madame, sans rendez-vous, cela ne sera pas possible. Monsieur Delabrosse ne peut être dérangé, répondit l'homme d'une politesse obséquieuse.

— Allez le prévenir de ma présence, rétorqua vivement Malou en exhibant sous son nez sa carte tricolore et en lui remettant une carte de visite avec la mention suivante : Capitaine Malaury Besnier – Police criminelle de Bordeaux.

Aussitôt, le réceptionniste abandonna le confort de son siège et disparut dans l'ascenseur en direction du premier étage. Très rapidement, il réapparut avec sur ses talons le fameux directeur tenant du bout des doigts cette carte de visite au goût de poison.

— Bonjour Capitaine Besnier, veuillez me suivre jusqu'à mon bureau, annonça-t-il en présentant une main moite à son invitée inopinée.

Malou n'eut aucun regard pour la baie d'Hendaye s'étalant majestueuse à travers les vitrages du bureau directorial. Dès son postérieur déposé dans le profond fauteuil en cuir pleine fleur, elle attaqua dans le bois dur sans prendre la peine d'enrober ses propos :

— Monsieur Delabrosse, vous avez lancé une procédure de licenciement envers madame Sanchez, suite à son interrogatoire dans le cadre d'une enquête criminelle…

— Tout à fait Capitaine ! Mais, en quoi cette affaire interne à la société concerne la police ? Les conflits entre les entreprises et leurs salariés relèvent du tribunal des prud'hommes, la coupa le directeur sûr de son fait d'un air narquois.

Durant quelques instants, telle une mante religieuse prête à croquer son partenaire, Malou dévisagea d'un regard anthracite son interlocuteur à demi rassuré dans son costard beige taillé sur mesure et ses pompes cirées assorties.

— Je le sais parfaitement. Dans ce monde souvent sans foi, ni loi, où vous évoluez comme un poisson dans l'eau, un brin d'humanité est peut-être possible. Madame Sanchez a été blanchie de tout soupçon. Elle a eu seulement le malheur de se trouver confrontée par hasard à l'enquête en cours sur la mort suspecte de Charlotte de Larralde, une cliente de votre établissement, d'après mes informations.

— Capitaine Besnier, je partage votre point de vue. Cependant, en tant que directeur, je me dois de traiter tous mes employés sur un pied d'égalité. Madame Sanchez a enfreint l'article 24 de son contrat de travail, qui sti…

— Je me contrefous de votre article 24, explosa Malou en lui coupant net le sifflet. Vous êtes prêt à mettre une jeune femme travailleuse et sans histoire au chômage, voire à la pousser au suicide sous prétexte de satisfaire votre ego directorial. En rabaissant d'un ton, elle poursuivit. Si je peux me permettre de porter à votre connaissance que nous possédons la preuve que le parking privé de votre établissement abritait un trafic de cigarettes de contrebande.

Aurélien Delabrosse resta coi devant cette information inattendue.

— J'ajouterai pour votre gouverne que cette info n'a pas été diffusée aux médias. Une fuite peut vite arriver !

— Capitaine Besnier, dois-je le prendre comme une menace ?

— Non Monsieur Delabrosse, juste un conseil… amical.

Touché par cette épée de Damoclès suspendue au-dessus de l'excellente réputation du *Miramar*, le directeur plissa le front et s'agita sur son séant, rattrapé par une crise subite d'hémorroïdes. Ses épaules s'affaissèrent, son visage rehaussé par une touche de fond de teint s'éclaircit, rendant ses traits creusés encore plus émaciés. La senteur de son déodorant légèrement fruité tourna acidulée. Pris entre son souhait de sévir sans la moindre compassion pour ses employés et la peur de retrouver son hôtel-restaurant exposé aux plumes ou paroles acerbes des médias à la grande satisfaction de ses concurrents, il ressentit la nasse se refermer inexorablement. Devant l'adversité et sa pusillanimité, il capitula :

— Capitaine Besnier, Madame Sanchez fera seulement l'objet d'un rappel au respect du règlement.

— Parfait ! Je savais bien qu'entre gens de bonne compagnie un terrain d'entente serait possible, assena Malou en guise de conclusion de sa visite.

13 – Parc bordelais

Un temps maussade, pluvieux et frais enrobait la ville de Bordeaux durant ce lundi printanier incitant plus à partager une boisson chaude en intérieur qu'à s'aérer les poumons dans le plus grand espace vert de l'agglomération situé dans le quartier huppé de Caudéran.

L'heure de la fermeture approchait. Après une parenthèse verte, les rares promeneurs et les derniers joggeurs se dépêchaient de rejoindre le tumulte de la ville. Le gardien au volant de sa voiturette électrique assurait un dernier tour pour inciter les inévitables retardataires à presser le pas vers l'entrée de la rue du Bocage.

Il s'arrêta vers un couple flânant tranquillement main dans la main et les encouragea à se hâter vers l'unique portail encore ouvert. Peu après, il croisa un homme engoncé dans sa parka verte se dirigeant d'une démarche rapide vers la sortie, une valise à la main. Un peu plus loin, une lapine suivie de ses lapereaux profitait déjà du départ des humains pour se réapproprier cet espace de liberté à l'herbe abondante. Un chat errant surpris par le silence du véhicule propre se dissimula en quelques bonds sous un bosquet. Sur le plan d'eau très poissonneux, les canards, les poules d'eau et les cygnes poursuivaient leurs inlassables ronds.

Comme chaque jour, l'employé passa jeter un œil au théâtre de marionnettes qui depuis plus d'un siècle et demi donnait dans la plus pure tradition de la Commedia dell'Arte des spectacles source de bonheur et de rires pour les petits enfants et leurs parents.

Cet art satyrique populaire permettait d'aborder avec les différentes formes possibles d'expression des thèmes et problématiques de la vie du peuple. Le marionnettiste de ce théâtre, propriété de la même famille depuis sa création, lui avait annoncé son intention de présenter un nouveau spectacle mettant en scène trois nouvelles figurines inspirées de l'histoire récente de la vie politique municipale, dénommées : Peju, Riflo et Micu.

Le rideau bordeaux du castelet était tiré. Par contre, sa porte d'accès béait sur l'extérieur. Il s'approcha étonné, le lundi étant jour de relâche. Sous sa poussée, ladite ouverture refusa de se fermer. Alors, il l'ouvrit en grand. Deux mocassins féminins dépassaient de la cabane. À la lueur du jour déclinant, un horrible spectacle s'offrit à sa vue.

Une jeune femme quasi dévêtue gisait inerte sur le plancher en bois au milieu des marionnettes multicolores avec celle à l'effigie de Guignol fichée en son sexe tel un pied de nez à la vie. Sur l'instant, entièrement tétanisé par cette vision innommable, le gardien ne put tenter le moindre geste pour la sauver, si cette hypothèse fût encore de ce monde. D'après le visage juvénile entrevu, l'homme l'estima âgée d'une vingtaine d'années, l'âge de sa regrettée fille partie bien trop tôt. Il crut revivre ce cauchemar datant d'une décennie, lorsque suite à sa rencontre avec un prédateur sexuel, son adolescente fut retrouvée morte dans un bois, violée.

Finalement, avec fébrilité, le corps tremblotant, le cœur battant la chamade, des larmes ruisselant sur ses joues creusées, l'agent communal réussit à composer le 17 et à annoncer d'une voix éteinte la terrible nouvelle à l'opérateur de la police.

Alors, il osa s'approcher de la victime aux vêtements arrachés. Son corps était encore chaud. Toutefois, son pouls inexistant, ses yeux vitreux au milieu d'un visage blafard à la bouche obstruée par un morceau de tissu et son cou violacé supplicié indiquaient sans ambiguïté qu'un nouvel ange venait de rejoindre l'autre monde. Délicatement, le gardien retira de la cavité buccale le bout d'étoffe et s'aperçut horrifié que celui-ci n'était autre que le string déchiré en dentelle de la pauvre fille. Par contre, le courage lui manqua pour ôter ce pantin grotesque planté entre les cuisses de l'infortunée jouvencelle. Et puis, pour l'enquête, il valait mieux fouler le moins possible la scène de crime. Seule lueur dans cette vision cauchemardesque, un piercing en diamant continuait à briller de toutes ses facettes dans le nombril de la martyre à côté d'une colombe tatouée au-dessus de son pubis.

✯

Le commissaire Maxime Grabowski débarqua dans le bureau de son adjoint, le capitaine principal Frédéric Marcheval :

— Fred, Malou, un crime au parc bordelais. On y va, s'écria Max en revêtant son blouson de cuir et en ajustant son Sig-Sauer dans son holster.

— La victime ? s'enquit Malou rentrée de Bayonne la veille, en pressentant le sexe de l'infortunée.

— Une jeune femme.

— Encore un pervers !

Gyrophare bleu sur le toit en marche, sirène hurlante, la C4 Cactus démarra sur les chapeaux de roues de l'hôtel de police de Mériadeck et se faufila sans difficulté dans la circulation du début de soirée pour rejoindre en quelques minutes la grille principale en fer forgé du parc bordelais, située au milieu de la rue du Bocage.

Sur place, déjà plusieurs équipages de police s'activaient. L'ambulance du SAMU arriva en même temps. Le médecin examina rapidement la jeune femme.

— Commissaire Grabowski, il n'y a rien à faire. Elle est morte, indiqua-t-il succinctement.

— Putain, une nouvelle cliente pour Delpech à l'institut médico-légal ! grommela Max le regard rivé sur cette marionnette semblant le narguer de son sourire malicieux. Fred, demande la venue du fourgon mortuaire !

— Jamais je ne pourrai m'habituer à cette perversité humaine, ajouta Malou rageuse devant cette adversité.

— Ratissez-moi le parc, vérifiez les bosquets et le moindre recoin, le bassin, la ferme ! ordonna Max aux policiers en tenue. Je veux que le site du crime soit sécurisé pour la nuit et que demain le parc soit fermé pour permettre à la scientifique de poursuivre ses investigations.

Les trois enquêteurs de la brigade criminelle étudiaient de leurs yeux experts la scène du meurtre sous les regards des caricatures en bois de Madelon, Gnafon, du Gendarme et du Juge. Sans aucune concertation, chacun réfléchissait à la signification de cette macabre mise en scène avec ce Guignol enfoncé tel un pieu grotesque dans le vagin de la jeune femme massacrée. Le meurtrier avait-il voulu laisser sa signature de psychopathe, défier la police ou était-ce seulement un opportunisme de circonstances de son cerveau dérangé dû à la présence des figurines ? Le poing droit crispé et la main gauche à la paume ouverte indiquaient que la victime avait lutté.

Comme à chacune de ses confrontations avec des crimes commis par des pervers ou des déséquilibrés sur des femmes, Malou ne put s'empêcher de caresser la crosse de son Glock en rêvant de pouvoir abattre ces ordures. Elle rompit le lourd silence :

— Dire que petite, chaque fois que ma mère me promenait dans ce parc, je rêvais de découvrir les coulisses de ce théâtre ! Je ne pourrai plus jamais regarder les marionnettes du même œil.

Les limiers de la police scientifique investirent à leur tour le site de leurs combinaisons intégrales blanches aux mains en latex.

Le sac à main de la victime gisait retourné, vidé de son contenu sur le plancher du castelet. Tout le superflu se trouvait étalé sur le bois souillé : tube de rouge à lèvres, fond de teint, mini-miroir, peigne, mouchoirs en papier, cartes de fidélité et autres menus objets. Pourtant, l'essentiel manquait : pas de portefeuille, aucune pièce d'identité, ni carte de crédit, téléphone portable absent.

— Commissaire, on a découvert un portefeuille dans le bassin, annonça un brigadier du commissariat de quartier.

Max et Malou gagnèrent aussitôt le plan d'eau artificiel. Un cygne noir agressif, roi du bassin, s'évertuait de son cou altier au bec rouge à empêcher la récupération du maroquin par le policier en tenue avec de l'eau jusqu'au genou. Max fixa le volatile revêche d'un œil ténébreux. Bizarrement, celui-ci d'un air dédaigneux rompit le tête à tête. D'un discret coup de patte palmée, l'oiseau aquatique s'éloigna vers le centre de l'étang à la rencontre de ses congénères. Dans un autre contexte, cette scène aurait prêté à dérider les zygomatiques, le cygne et le poulet. Mais, en cette soirée plombée du jour déclinant, les visages sombres et fermés étaient à mille lieues de la leçon de morale d'une nouvelle fable de La Fontaine.

Une tension forte et palpable régnait dans ce magnifique parc arboré de multiples essences parfois plantées au dix-neuvième siècle : cèdres, séquoias, chênes, platanes et autres résineux ou arbres à feuilles caduques.

Le policier plongea sa main droite gantée dans l'eau vaseuse et brandit son trophée : un petit portefeuille féminin en cuir brun à l'accrochage défait. Celui-ci contenait peu de choses, aucun billet, pas de carte de crédit, seulement un permis de conduire récent délivré par le préfet de la Gironde au nom d'Adeline Noémie Lemaître, dix-neuf ans. Sur la photo, malgré l'air sérieux obligé par le protocole numérique, une jeune fille aux cheveux courts bruns regardait les enquêteurs. En suivant, le fichier central des permis de conduire dévoila l'adresse de la victime : avenue d'Eysines au Bouscat.

La victime habitait une avenue longeant le parc. Max chargea Fred et Malou de la tâche ingrate et obligatoire : se rendre au domicile indiqué pour prévenir la famille.

☆

Un immeuble cossu orienté sur le parc accueillit les deux enquêteurs. La plaque dorée apposée devant l'une des sonnettes du quatrième étage indiquait en lettrage blanc :

Monsieur et Madame Lemaître et leurs filles.

La glace intérieure de l'ascenseur dépourvu de la moindre incivilité leur rendit la gravité de leur démarche. Tous deux se présentèrent devant une porte en chêne massif derrière laquelle une famille se prélassait encore pour quelques instants dans la quiétude d'une vie paisible et aisée de la bourgeoisie bordelaise. Dès la première sonnerie, le père de famille ouvrit la porte d'entrée.

— Capitaine principal Frédéric Marcheval et capitaine Malaury Besnier de la brigade criminelle, indiqua Fred d'une voix teintée de bienveillance, sa carte professionnelle en main.

Monsieur Lemaître les introduisit dans un grand et confortable salon décoré avec goût de plusieurs œuvres d'art et tableaux, garni de meubles bas en merisier et d'un piano laqué noir sur lequel une jolie jeune fille souriait à l'objectif pour la vie.

— Robert, qui est-ce ? demanda la mère de famille attablée avec sa seconde fille à côté d'une quatrième assiette attendant le retour de leur aînée, d'une voix où perçait déjà la crainte d'une mauvaise nouvelle.

— La police, répondit le père blanc comme un linge.

Adeline était en retard, son portable ne répondait plus. Avant que Fred ne délivrât l'horreur, toute la famille avait déjà compris que la foudre venait de détruire son univers, de mettre fin à ses rêves d'avenir radieux, de briser le cocon familial.

Malou tenta de réconforter la mère en pleurs, vieillie de dix ans en un instant. Le père aux yeux nimbés de larmes serrait contre sa poitrine sa fille cadette éplorée tout en essayant de paraître digne en ce début de cauchemar éternel.

— Tous les lundis, Adeline rentre du conservatoire de musique par la ligne D du tram et coupe par le parc, lâcha la mère d'un timbre éteint avant de s'effondrer dans le canapé du salon.

Les deux enquêteurs se regardèrent. Malou intervint :

— De quel instrument joue Adeline ?

— Du violon. Adeline est premier prix du conservatoire de Bordeaux. Pour l'obtention de son permis de conduire, on lui a offert une réplique d'un stradivarius[26]. C'est une pièce rare. Elle ne s'en sépare jamais, expliqua le papa comme si la musique pouvait ressusciter leur enfant qu'un sadique venait de sacrifier à ses pulsions sexuelles morbides.

— On n'a pas découvert d'instrument de musique à côté d'elle. Possédez-vous une photo de son violon ? sollicita Fred.

Robert Lemaître sortit d'un secrétaire en bois de rose un classeur à sangle et en exhiba une photo de l'instrument et de son étui, agrafée à la facture.

Fred scanna avec son téléphone les pièces, puis récupéra les coordonnées bancaires et le numéro du portable d'Adeline.

— Nous retrouverons son assassin, je vous l'assure. Toutes les forces de police sont mobilisées, ajouta Malou en serrant les mains glacées de la maman.

— Merci… Faites-le pour Adeline ! Je vous en supplie, bredouilla-t-elle affalée dans le canapé.

— Où est-elle ? s'enquit le père au teint livide.

— On l'a transportée à l'institut médico-légal. On vous

---

26 Violon fabriqué par le luthier italien Antonio Stradivari, dit Stradivarius

préviendra, lorsque vous pourrez la voir, précisa Fred.

Malou leur remit les coordonnées de la brigade criminelle et expliqua la suite de la procédure.

Après cette rencontre éprouvante même pour des policiers aguerris aux scènes de crime, ils retrouvèrent la rue du Bocage.

— Malou, toi la jeune femme, la boxeuse battante, l'enquêtrice pugnace, je ne sais pas comment tu fais dans de telles circonstances pour toujours trouver les mots qui réconfortent, les silences qui parlent, les gestes qui apaisent. Un néophyte te prendrait pour une véritable psychologue.

— Fred, l'empathie ne s'acquiert pas en usant ses culottes en cours de psycho sur les bancs de l'université. Cette qualité est innée où ne l'est pas. Parfois, les épreuves de l'existence, comme la disparition brutale d'un être cher, peuvent magnifier ton pouvoir de compassion, où à l'inverse te conduire à l'inhumanité.

*

Contacté par Malou, le centre d'opposition des cartes bancaires de la banque d'Adeline Lemaître signala un paiement sans contact très récent effectué à la station de l'aire de service de Cestas.

— Max, l'assassin du parc se dirige vers le sud par l'A 63. A priori, il serait en possession de l'étui et du violon de sa victime.

— Vu le montant de carburant pris, il se déplace en véhicule léger ou en petit utilitaire. S'il reste sur l'A 63, il semble encore possible de l'intercepter au péage de Saugnaq-et-Muret ou à défaut à celui de Castets. Malou, fais le nécessaire !

En fin de soirée, l'homme s'arrêta dans une des rares brasseries ouvertes acceptant encore de servir à dîner. Il s'attabla au fond à proximité de l'immense écran plat dernier cri réglé sur la chaîne *TBM.* Celle-ci diffusait en boucle son journal des informations nationales de la journée, animé par une jeune présentatrice au sourire parcimonieux et aux yeux aimantés par son prompteur. Un consultant en affaires judiciaires plus habitué aux plateaux télés qu'aux prétoires et une psychologue spécialisée dans les criminels de droit commun du même acabit commentaient déjà le tragique féminicide.

Pour la nième fois de la soirée, le portrait de la jeune fille assassinée quelques heures plus tôt s'afficha. Puis, devant la grille principale du parc bordelais, le procureur de la République apparut sur l'écran en conférence de presse devant une meute de journalistes, la mine grave, entouré du chef de la brigade criminelle bordelaise, le commissaire divisionnaire Alexis Kellner, et d'une nuée de forces de l'ordre.

— Toutes les unités de police et de gendarmerie sont mobilisées pour arrêter l'assassin, annonça le Proc sans surprise à la forêt de micros tendus.

— Monsieur le Procureur, possédez-vous une piste ? demanda un correspondant inspiré.

— Aucune piste n'est écartée à ce stade de l'enquête.

— Est-il vrai que ce crime recouvre une mise en scène macabre dans un théâtre de marionnettes ? tenta la reportrice de *TBM,* reine du buzz.

— Vous comprendrez parfaitement que je ne peux vous dévoiler les résultats de nos premières investigations. Vous serez tenus régulièrement au courant de l'avancée de l'enquête. Mesdames et Messieurs, je vous remercie, termina-t-il en se retirant, suivi de sa garde rapprochée.

— Est-ce que ce crime est l'œuvre d'un tueur en série ? essaya un dernier en se précipitant vers le groupe s'éloignant.

Cette ultime question se perdit dans la nuit sombre, alors que le procureur s'engouffrait déjà dans sa voiture sous l'objectif curieux des caméras et le crépitement des appareils photos.

Devant son assiette, l'homme n'avait manqué aucune image, ni le moindre propos. Un sourire narquois éclairait d'une façon bizarre son visage anguleux. Lui seul connaissait la suite. « Rira bien qui rira le dernier », comme l'affirmait le proverbe.

Depuis son enfance, il avait toujours été un mouton très obéissant. Ce temps était bel et bien révolu. Maintenant, il volait de ses propres ailes. Ses actes apparaissaient sous la lumière des médias. Partout, on en parlera, on les commentera, on le jugera. Demain, ses agissements feront la une de tous les journaux. Ainsi, il tenait sa vengeance envers le mépris des autres et en particulier de celui de ces femelles inaccessibles.

En dehors de sa mère, le sexe féminin lui avait toujours inspiré une peur irrationnelle. À l'adolescence, ses rares amis collectionnaient les conquêtes féminines et s'en vantaient à tout bout de champ. Ils en rajoutaient sûrement pour épater la galerie.

Quant à lui, à chaque fois qu'il essayait de sortir avec une fille, des pensées parasites envahissaient son cortex cérébral et le bloquaient au moment fatidique. Et puis, occire un être humain ne posait aucun problème à son ego.

Dans son univers, les termes, compassion et bienveillance, ne signifiaient rien. Aujourd'hui, pour la première fois, il avait tué à mains nues et éprouvé une énorme jouissance à ressentir cette jeune inconnue céder sa vie à ses pulsions diaboliques.

☆

Les barrages établis sur l'A 63 aux péages de Saugnacq-et-Muret et de Castets ne donnèrent rien. L'assassin s'était volatilisé dans la nuit noire avec son butin, une carte bancaire et un violon. Qu'allait-il faire de cet instrument de musique ? Ce criminel avait peu de chance d'être un mélomane ou un collectionneur d'instruments à cordes. Peut-être envisageait-il de le revendre ? Et puis, cette question lancinante :

Quelle était la signification de la marionnette de Guignol plantée tel un phallus maléfique dans l'intimité d'Adeline Lemaître ?

Max accompagné de Malou se rendit à l'institut médico-légal de Bordeaux pour entendre de vive voix les conclusions du légiste. Habitué à accueillir ses visiteurs avec une pointe d'humour, le docteur Delpech comprit à leurs airs sombres que les policiers seraient peu réceptifs aux bons mots.

— Adeline Lemaître est décédée par strangulation avec écrasement de la carotide. Elle a subi une tentative de pénétration vaginale. Quelques traces de liquide séminal sur les grandes et petites lèvres de sa vulve. Son assassin a éjaculé sur le corps de sa victime. Son ADN est en cours d'exploitation. Le Guignol enfoncé jusqu'au col de l'utérus a occasionné une hémorragie interne.

— Ce phallus en bois, a-t-il été introduit avant ou après sa mort ? sollicita Malou.

— Juste après sa mort. La victime s'est débattue. Le creux de sa main droite crispée renfermait ceci, annonça le légiste en confiant l'objet sous scellé à Max.

Ils découvrirent un gros bouton sur lequel figurait le nom de la marque espagnole Raza. A priori, un bouton d'une veste masculine.

— On a bien affaire à un psychopathe, conclut Max suite aux révélations du Doc. La scientifique n'a découvert aucune empreinte digitale sur le lieu du crime. L'assassin était ganté. Par contre, le bouton peut comporter des traces papillaires.

14 – Grand Bayonne

En cette veille de jour férié, Florence Olano tira le rideau de sa petite boutique d'objets d'arts et de cadeaux, installée en partie basse de la commerçante rue d'Espagne à Bayonne. Stimulés par le ciel bleu et une chaleur quasi estivale, les clients avaient été au rendez-vous.

Une fois l'excellente recette de la journée déposée à l'agence bancaire du quartier, elle remonta dans sa robe fleurie à fines bretelles en direction des remparts du Grand Bayonne. En chemin, elle bavarda quelques instants avec sa collègue libraire qui fermait aussi son magasin. Puis, elle s'accorda une petite douceur à la pâtisserie artisanale en vue de sa dégustation devant un café bien mérité à la terrasse du bar situé à l'angle des rues d'Espagne et Tour de Sault.

À sa grande surprise, un écriteau apposé à la vitrine du débit de boissons indiquait une fermeture exceptionnelle. Les parasols rangés et les chaises empilées manquaient énormément à l'animation de ce lieu très fréquenté à l'heure de l'apéritif. En ce début de soirée pourtant propice au farniente, cette situation inaccoutumée expliquait le calme régnant et l'absence de passants sur le boulevard des Remparts et la rue Tour de Sault.

Devant l'impossibilité de se poser en terrasse devant un petit noir, Florence s'assit sur un vieux banc en bois abandonné sur l'esplanade en pierre de la porte en fer à cheval de Saint-Léon[27].

— Ça vous dérange si je m'installe à côté de vous, lança une voix jeune en s'asseyant d'autorité à côté de la marchande d'arts et de cadeaux sans se préoccuper de son aval.

Sans répondre à cet aparté, ni jeter le moindre regard à l'intrus incrusté dans sa bulle privée, Florence continua à pianoter fébrilement sur son téléphone portable. Ses doigts se crispèrent sur l'appareil lorsqu'une main calleuse se posa sur son genou gauche dénudé. Aussitôt, elle leva la tête vers le mufle et reconnut le jeune client inconnu ayant fréquenté sa boutique dans l'après-midi et acquis une figurine en bois représentant Arès, le dieu grec de la guerre. Alors qu'elle s'apprêtait à le rembarrer vertement, les mots se figèrent dans sa gorge et seules quelques onomatopées inintelligibles se perdirent dans l'air printanier. Le second bras de l'homme entourait fermement ses épaules et une lame effilée pressait sur la peau de son cou délicat.

La main déplacée glissa sur le velouté de sa cuisse et sans autre forme d'invite s'infiltra sous le tissu fin de la robette. Florence resserra ses genoux au maximum pour empêcher l'intruse d'accéder à son intimité.

— Écarte les cuisses ! ordonna la voix du violeur d'un ton tranchant pendant que la lame s'enfonçait un peu plus dans sa gorge offerte et en faisait saillir une goutte de sang.

Sous la douleur, son portable glissa au sol. Bien que son cerveau lui ordonnât de protéger à tout prix son jardin secret, sous la pression de l'inox acéré, contre sa volonté, un

---

27 Patron de la ville de Bayonne

réflexe de survie obtempéra au diktat. Ce mouvement permit au majeur gauche de l'homme de s'immiscer de force dans son sexe.

Les yeux désespérés de Florence Olano roulaient à la recherche de secours. Aucun passant en vue, ni de riverain prenant le frais aux rares fenêtres donnant sur la redoute. L'homme l'obligea à se lever et la poussa par une porte métallique dans une salle accueillant une *peña*[28] lors des fêtes de Bayonne. Le lieu était désert. Seuls les bancs et tables en bois, témoins immobiles de nombreuses fiestas, attendaient sagement alignés les prochains festayres. Cette *peña*, elle la connaissait bien. Une vingtaine de participations aux fêtes de Bayonne avait permis à Florence de passer quelques journées à boire et à chanter entre ces murs modifiés par Vauban. Quelle adversité, en ce lieu festif, le viol et la mort l'attendaient !

Dire qu'elle avait suivi de nombreux cours de self-défense ! Pour une fois que ceux-ci pouvaient être mis en pratique, elle se trouvait entièrement paralysée par les circonstances indicibles.

L'homme l'attacha couchée sur le dos à l'une des grandes tables en chêne à la surface lustrée par les agapes et libations, couverte de nombreux dessins charnels, déclarations enflammées et soutiens à l'Aviron Bayonnais.

Puis, un sourire salace aux lèvres, le regard lubrique, le ravisseur déchira les vêtements de sa victime totalement à la merci de sa perversité. Pour l'empêcher de crier, il lui fourra les restes de son slip dans la bouche. Florence Olano scrutait de ses yeux fous la haute voûte en pierre éclairée

---

28 Groupe d'amis constitué en société festive

par une lumière blafarde à la recherche d'un hypothétique secours. Mais, l'ouvrage construit à la Renaissance résonnait seulement de son souffle apeuré. Son cœur tapait dans sa poitrine pire qu'une mécanique hors de contrôle.

Avant de passer à l'acte, le pervers répandit sur une table le contenu du sac à main de Florence et fit main basse sur les liquidités et les cartes bancaires. Son butin rejoignit la poche ventrale de son petit sac à dos.

Tout en déboutonnant la braguette de son jean, le violeur caressa lascivement d'une main râpeuse le corps svelte de la jeune quadragénaire. Sadiquement, la pointe de son poignard titilla les pointes de seins et dessina des arabesques sur le ventre gracile. Il garnit ses mains de latex.

Alors qu'il s'apprêtait à consommer cette chair fraîche, une porte métallique résonna au niveau de la mezzanine. Deux jeunes SDF hirsutes et barbus, les visages piercés de partout, les yeux brillants de poudre blanche, bardés de leurs sacs à dos et de leurs chiens efflanqués, apparurent. Lorsqu'ils découvrirent la scène en dessous, ils comprirent aussitôt.

— Coke, attaque ! jeta le premier à son chien aux crocs acérés.

Immédiatement, le dogue dévala les escaliers en aboyant. L'homme surpris la queue à la main devant sa proie eut à peine le temps de rengainer son bijou de famille devenu en une seconde plus flasque qu'une méduse abandonnée par les flots sur le rivage, d'attraper son sac et de prendre la poudre d'escampette par une porte de secours donnant accès au pied des remparts, que le clebs belliqueux reniflait ses talons, la bave aux babines. En temps normal, battre au sprint un canidé constituait déjà une véritable gageure, encore plus en courant le pantalon débraguetté.

Un coup de feu claqua, suivi de gémissements funestes. Le propriétaire du chien recueillit entre ses bras l'agonie baveuse de son fidèle compagnon de galère, pendant que le second libérait la victime tétanisée.

L'homme poursuivit sa course éperdue sur une cinquantaine de mètres. Il s'arrêta pour ajuster son jean et s'aperçut de la perte de son sac à dos. En suivant, il revint sur ses pas. Son sac gisait à quelques mètres du jeune SDF à genoux, pleurant à chaudes larmes sur le corps inerte de son dogue.

Malgré le canon pointé en sa direction tenu par une dextre gantée, le sans-abri invectiva rudement l'assassin de son animal :

— Pourquoi as-tu fait ça ? Pourquoi… ?

— Connard ! répondit simplement le monstre d'un air méprisant envers ce déchet humain qu'il allait éliminer de la surface de la planète d'une balle en pleine tête.

— Pourquoi ? hurla à nouveau le propriétaire de Coke en fixant de ses prunelles voilées de tristesse le tueur de son meilleur ami.

Devant les yeux sombres de chien battu posés sur lui, celui-ci hésita avant de tirer. La confrontation des regards sembla durer une éternité. Habituellement, ses victimes fuyaient son visage et n'affrontaient pas la mort en face. Elles imploraient, elles suppliaient de les épargner. Alors, déstabilisé, il lui laissa la vie et s'échappa à grandes enjambées en direction de sa voiture garée à proximité. Cette grâce inopinée ne devait rien à la compassion. L'éradication gratuite de la terre de ce genre de misérable ne relevait pas de son combat. Le sien, c'était les femmes.

Et, en cet instant, après cet échec, il se sentait frustré de ne pas avoir pu mener à son terme son expédition du jour.

☆

Le capitaine Imanol Etcheberry et le lieutenant Sergio Erroitegui arrivèrent très vite sur le site interdit aux badauds, où s'affairaient quelques policiers et une ambulance du SAMU. La victime en état de choc, prostrée dans le véhicule de secours, couverte d'une couverture de survie, n'était pas en état d'apporter la moindre information sur son agression. Heureusement, les deux jeunes sans-abri entourés d'un clebs et du cadavre d'un autre attendaient tendus la suite des opérations. Leurs rapports habituels avec les poulets se résumaient à une haine viscérale de l'ordre établi et de ceux l'incarnant.

Le propriétaire du chien abattu conservait précieusement gravé dans sa mémoire les traits du tueur. Transporté au siège de la police judiciaire, ses indications permirent l'établissement d'un portrait-robot précis de l'homme en fuite.

— Le mode opératoire ressemble comme deux gouttes d'eau à celui du viol et meurtre du parc bordelais, annonça Sergio après consultation du rapport transmis par la brigade criminelle bordelaise, en déposant un tirage couleur sur le bureau d'Imanol. Les vêtements arrachés, les morceaux de sous-vêtement dans la bouche.

Imanol détailla avec attention le cliché :

Un homme jeune de type caucasien au teint mat, coiffé de cheveux courts noirs, le visage légèrement émacié, un nez aquilin, un front large, des yeux sombres au regard perçant et glaçant. D'après la fiche descriptive : un mètre soixante-quinze, vingt-cinq ans environ, corpulence moyenne, porteur d'un petit sac à dos noir, jean bleu, chemise à gros carreaux rouge et bleu, gants bleus en latex.

— A-t-on recueilli des empreintes ou de l'ADN ? se renseigna-t-il.

— La scientifique est sur place. Voici la balle extraite de la dépouille du chien par le véto !

— 9 mm Parabellum ! On ne se promène pas par hasard avec une arme de ce calibre. Ça sent la préméditation.

— Tu penses à un tueur en série ?

— Je le crains.

— Il va donc repasser à l'acte.

— À nous de le coffrer au plus vite !

Le téléphone sonna sur le bureau d'Imanol.

— Capitaine, je vous passe l'hôpital de Bayonne, annonça le gardien de la paix de permanence au secrétariat de l'unité.

Imanol prit le combiné avec la crainte d'entendre le pronostic redouté depuis plusieurs jours pour Piztia, le berger victime d'une tentative d'assassinat.

— Docteure Elaïa Huarte, Pantxoa Ithurbide est sorti du coma. Par contre, il est toujours en soins intensifs et sous assistance respiratoire.

— Donc, vous m'annoncez qu'il ne peut être entendu à ce stade.

— Exact Capitaine ! Je vous tiens au courant de l'évolution de son état.

— Mes deux policiers qui le gardent, ils ne vous gênent pas trop.

— Pas du tout, ils sont adorables. Ils payent même des cafés aux infirmières et aides-soignantes.

— Je préfère qu'ils surveillent la chambre de Piztia plutôt que de passer leur temps à draguer les gonzesses !

— Cher Capitaine, ceci relève de vos compétences, ajouta la Doc d'une voix taquine. Et je vous fais remarquer que ce sont des professionnelles de santé et non des gonzesses.

— Veuillez excuser mon langage parfois primaire ! Le côtoiement journalier de truands, dealers et putes n'incite pas au langage châtier.

— Ne vous inquiétez pas, les patients des urgences ne forment pas aux discussions feutrées de salon !

✯

Bien que cette nouvelle fût tue par la police, la sortie du coma de Piztia se répandit plus vite qu'une traînée de poudre dans toute la vallée des Aldudes et tous les villages et hameaux du pays de Cize, plus dans le triangle formé par les communes de Saint-Martin-d'Arrossa, Saint-Jean-Pied-de-Port et Saint-Étienne-de-Baïgorry.

À Irouleguy, au *Café Oylarandoy*, à l'heure de l'apéro, l'unique sujet de conversation tournait autour de cette bonne nouvelle.

— Je t'avais bien dit que le vieux s'en sortirait ! clamait un papy au visage buriné avec un béret basque posé sur son caillou pelé, un verre de jaune à la main, son *makila* appuyé contre le comptoir dans l'attente de lui servir de béquille pour le retour au bercail.

— Piztia, il est indestructible. Rappelez-vous, de mémoire de Basques, au *lasto altxatzea*, personne n'avait jamais vu quelqu'un lever les bottes de paille à un tel rythme, précisa un autre pilier de comptoir en vidant son ballon de rouge d'un trait suivi d'un essuyage de bouche d'un revers de main avant de lâcher un rot sonore au relent acide.

— Attention les amis, le bougre n'a plus vingt ans, tempéra Eder Amestoy, le patron du bar. Ses exploits se conjuguent au passé.

— T'as raison ! Avec tous les tonneaux d'irouleguy qu'il s'est enfilé, son sang doit contenir plus d'alcool que de globules, s'esclaffa encore un autre bêtement les yeux déjà légèrement vitreux. Eder, remets-nous une tournée pour la route !

15 – L’appel de l’Andalousie

Depuis plusieurs heures, une auto-stoppeuse faisait le pied de grue au bord de la route départementale à la sortie sud de Mimizan, accompagnée d’un énorme sac à dos pesant le poids d’un âne mort. Partie de Liège en Belgique deux jours plus tôt, la jeune fille comptait descendre jusqu’en Andalousie pour effectuer la saison comme serveuse. Une copine lui avait fourni l’adresse d’un restaurant de plage dans la station de Nerja.

Pendant les premières étapes de son voyage, le stop avait bien fonctionné. Un premier véhicule l’avait conduite de Liège à Paris, un second jusqu’à Bordeaux. Le troisième l’avait déposée dans la matinée au bord de cette route où depuis plus de six heures elle s’évertuait à tendre le pouce et à faire des signes aux véhicules légers. Un camionneur s’était bien arrêté pour la prendre, mais échaudée par une expérience passée ayant failli mal tourner, par prudence elle refusait de monter dans la cabine d’un semi-remorque de peur de finir contre son gré allongée sur la couchette du tracteur. Avec sa finesse de mâle, le conducteur vexé l’avait traitée de salope et de mal baisée. Partant du principe qu’un con ne peut se reconnaître, elle s’était abstenue de l’insulter en retour.

Habillée élégamment, son look produisait de l'effet sur les hommes. Par contre, son apparence actuelle avec ses cheveux en bataille et sa veste kaki ornée du symbole de la paix ne la mettait pas en valeur. De plus, son énorme sac à dos peinait à rentrer dans les coffres des berlines.

Finalement, une BMW blanche immatriculée en Espagne s'arrêta.

— *Ola*[29] ! Où allez-vous, demanda le conducteur tout sourire dans un excellent français teinté d'un accent ibérique.

— *Ola* ! Je me rends en Andalousie.

— À quel endroit ?

— Nerja.

— Si ça vous intéresse, je rentre à mon domicile de Grenade. Nerja n'est qu'à une centaine de kilomètres.

— C'est parfait, jour de chance. J'accepte, répliqua-t-elle en pensant être abandonnée par la scoumoune du routard.

Le chauffeur, un homme jeune, de taille moyenne, au teint mat et à la chevelure noire et drue, casa difficilement l'énorme bagage dans le coffre de sa berline allemande.

— Il fait son poids votre sac ! Vous transportez toute votre garde-robe ?

— Euh… Non. Je reste six mois en Espagne. J'ai dû emporter trop de vêtements.

— En Andalousie, il fait chaud la majeure partie de l'année. Quelques shorts, des tee-shirts, une paire de tongs… plus une casquette et des lunettes de soleil, suffiront à vous vêtir. Sans oublier un maillot de bain et une tenue pour les sorties en boîte !

---

29 Salut en langue espagnole

— Je suis Belge. Chez moi, on est plus habitué aux températures fraîches, à la pluie et au vent.

— Ça va vous changer !

— Ce sera mon premier séjour en Espagne.

— Vous verrez, le paysage est très beau, le ciel presque toujours bleu. L'eau est un peu froide pour la Méditerranée. Influence océanique de l'Atlantique oblige ! Vous y serez dans une dizaine d'heures.

— Chouette ! Je me vois déjà étendue sur la plage.

☆

Marcel Lafitte, technicien forestier à l'Office national des forêts, partit faire sa tournée hebdomadaire dans la forêt domaniale de Mimizan. Il avait prévu d'en profiter pour réaliser une petite réparation dans un gîte rural installé dans une ancienne maison forestière isolée au milieu des pins à proximité de la côte. Une opération de routine, le graissage des gonds de la porte d'entrée et des volets en bois s'ouvrant de plus en plus difficilement sous l'effet de la salinité de l'air du large.

Après sa réhabilitation récente, extérieurement la bâtisse landaise aux murs en bois et torchis présentait encore tout le charme originel de ce type d'ouvrage, partie intégrante du patrimoine bâti régional. Par contre, l'intérieur n'avait plus rien de commun avec la rusticité initiale du lieu. Le sol en terre battue avait laissé place à un carrelage en pierre naturelle. Tout le confort moderne se trouvait réuni dans le logement, excepté une liaison internet faute de réseau. Un cumulus solaire fournissait l'eau chaude.

Le Landais gara son Dacia Duster vert ONF[30] quasi neuf

30 Office national des forêts

devant le logis. Immédiatement, ses yeux de professionnel repérèrent les traces et dégâts laissés par une horde de sangliers aux abords du site. Une remise en état s'imposait avant l'accueil des premiers vacanciers.

La porte d'entrée était fermée, mais déverrouillée. C'était une de ses hantises. Que des individus squattassent les lieux pour se loger ou tout simplement faire la fête ou une teuf discrètement au milieu des pins et saccageassent le bâtiment réhabilité par des agents de l'Office !

Pour se faufiler à l'intérieur, il dut mettre un coup d'épaule pour vaincre la résistance du battant. Une fois dedans, son nez fut saisi par un mélange d'une odeur de renfermé et d'une émanation indéfinissable. Malgré ses yeux pas encore habitués à la pénombre régnante, il se dirigea à tâtons vers le couloir pour enclencher le disjoncteur électrique. Soudain, son pied droit buta sur une forme présente sur le sol. La lumière dévoila le corps d'une femme entièrement nue, allongé sur le carrelage glacé.

La victime gisait recroquevillée en chien de fusil, les mains attachées dans le dos. Des traces suspectes zébraient sa peau blanche, une marque violacée marbrait son cou délicat. Le technicien forestier n'eut pas besoin d'être devin pour comprendre que l'infortunée était morte étranglée après avoir subi des violences physiques et sûrement sexuelles.

— Mon Dieu ! lâcha Marcel Lafitte pour les habitants de la forêt.

Le cœur battant à tout rompre dans sa poitrine, il se baissa et toucha délicatement la peau diaphane. La femme était encore tiède, cependant son pouls inexistant indiquait sans la moindre ambiguïté son décès récent. Tétanisé par le choc de cette découverte macabre, il réussit à se calmer en respirant à fond plusieurs fois. Puis, avec fébrilité il essaya de contacter la gendarmerie de Mimizan avec son téléphone portable. Sans succès. Encore sous le coup de l'émotion, il avait oublié l'absence de réseau dans cette partie de la forêt.

Soudain, l'obscurité le saisit à nouveau. Le compteur venait de disjoncter. D'un pas inquiet, Marcel Lafitte avança dans le couloir pour relancer le courant. Alors que sa main droite tâtonnait à la recherche du compteur électrique, la sensation subite d'une autre présence en dehors du cadavre le saisit. Un fantôme se tenait auprès de lui. Une ombre maléfique sortie de nulle part l'épiait. Était-ce un délire de son imagination qui l'entraînait inexorablement sur le chemin de la peur ? Était-ce la compagnie d'une inconnue assassinée qui déstabilisait tout son être et le poussait sur le sentier de la terreur ? Le rétablissement de l'électricité devenait primordial.

Le spectre ne lui laissa pas le temps d'esquisser le moindre geste, ni de proférer le moindre son. Un objet métallique froid et acéré se posa sur son cou. D'un unique mouvement, l'ombre lui trancha la gorge d'une oreille à l'autre tel un vulgaire porc à l'abattoir. Aussitôt, une douleur fulgurante le saisit. Un voile sombre nimba ses yeux bruns. Les murs flottèrent et se transformèrent en un nuage ténébreux. Une fraction de seconde plus tard, Marcel Lafitte s'écroula dans une mare de son propre sang sur le sol carrelé glacé, la carotide tranchée, pareil à un pantin désarticulé privé de sa batterie.

Le monstre sanguinaire recula de quelques pas. Malgré la pénombre ambiante, froidement il paracheva son œuvre mortelle d'un unique coup de feu dans le crâne de sa victime. La cervelle de feu Marcel crépit les murs immaculés du couloir, pendant que son hémoglobine rougissait le dallage clair.

Sa vie n'avait même pas eu le temps de défiler une dernière fois. Le couloir de la mort s'était refermé aussi vite qu'il s'était ouvert.

Marcel Lafitte ne saurait jamais que sa femme était devenue veuve et ses deux adolescents orphelins. Il ne saurait jamais que son nom rejoindrait pour l'éternité sur la plaque en marbre gris apposée dans l'entrée du siège local de l'ONF, celui d'un garde-chasse abattu une vingtaine d'années auparavant par un braconnier. Il n'apprendrait jamais que le ministre de l'Agriculture et de la Pêche l'avait décoré à titre posthume de la croix de chevalier de la Légion d'honneur lors de la cérémonie d'adieu à sa dépouille devant sa famille éplorée et toutes les autorités de la région.

Les éloges *post-mortem* prononcés devant son cercueil recouvert d'un drapeau tricolore par divers responsables politiques et administratifs l'auraient bien amusé. Le technicien forestier, à qui sa hiérarchie reprochait de n'être pas assez dans le moule de l'établissement public, devenait par sa disparition brutale le héros involontaire de la fonction publique. La tragédie pouvait changer le destin d'un homme !

Pour la majeure partie de la population, passé ce théâtre régalien de la période de deuil, son nom tomberait dans les oubliettes comme beaucoup d'autres précédemment. Pour d'autres, son sacrifice imprévu deviendrait le symbole de revendications politiciennes. On l'honorerait une fois l'an d'une minute de silence et par le dépôt d'une gerbe de fleurs devant la plaque gravée. Puis, la machine à café sifflerait le rappel et tous se précipiteraient sur les tasses d'arabica et les assiettes de viennoiseries.

Le tueur n'en avait cure. Il venait d'éliminer froidement cet importun venu perturber son parcours morbide. Son acte ferait à nouveau la une des médias. Alors, une nouvelle fois, il serait la vedette de ce feuilleton criminel tenant déjà en haleine la France entière. Le voilà promu au rang d'ennemi public numéro un recherché par toutes les forces de l'ordre de France et de Navarre, un héros digne d'une tragédie de Sophocle[31].

☆

Un homme complètement paniqué en tenue de joggeur sonna à la première maison rencontrée sur son chemin. La propriétaire, une vieille dame un peu dure de la feuille, eut toutes les peines du monde à comprendre l'objet de son affolement et de ses tremblements. Devant l'état de stress de son visiteur, elle composa elle-même le numéro de la gendarmerie la plus proche. Dans peu de temps, le calme de la forêt serait troublé par une multitude de véhicules avec feux à éclats bleus remplis d'hommes équipés de gilets pare-balles et armés de pistolets-mitrailleurs. Tous les axes du département et de ceux limitrophes seraient contrôlés par des barrages de gendarmerie et de police.

Dire qu'il était venu courir dans les bois pour se détendre !

En passant devant la maison forestière, le sportif eut son attention attirée par des volutes de fumée noire. Un 4x4 achevait de se consumer. Il s'approcha. La porte de la

---

31 Dramaturge grec du Vème siècle

bâtisse entrouverte laissait filtrer la lumière intérieure allumée. Ses coups brefs sur le battant ne reçurent aucune réponse. Alors, il entra. Une odeur âcre de poudre, de sang et de renfermé régnait. Un spectacle horrible s'offrit à sa vue. Celui-ci resterait à jamais gravé dans sa mémoire et hanterait de cauchemars macabres ses nuits pour le reste de ses jours.

Un agent de l'ONF gisait étendu sur le carrelage du couloir dans une mare de sang, la gorge tranchée, le crâne explosé. Les murs étaient couverts d'un mélange putride de chair, de cervelle et d'os. Dans une des chambres, un autre cadavre, celui d'une femme nue couchée sur le lit, les bras et jambes écartées, les yeux grands ouverts, la bouche obturée par une sorte de chiffon rose. Son cou portait des marques de strangulation. Des traces de coups zébraient l'ensemble de son corps. En son intimité, une statuette empalée d'un homme à la tête casquée semblait défier les visiteurs.

✯

Installé à son bureau de l'hôtel de police de Bordeaux, le commissaire Maxime Grabowski savourait un petit noir tout en prenant connaissance du rapport des autopsies des deux victimes de la maison forestière. Au vu des similitudes avec le crime du Parc bordelais, le Proc avait décidé de confier l'enquête à la brigade criminelle de la capitale régionale.

Malou entra.

— On a en face de nous un serial killer, annonça aussitôt Max. Crime avec mise en scène, le sous-vêtement dans la bouche, la mort par strangulation, le corps martyrisé, la figurine plantée dans le vagin, une tentative de pénétration avec éjaculation sur le corps de la victime, une joggeuse quadragénaire recherchée depuis deux jours.

Pensive, Malou relut la fiche posée sur le bureau de son supérieur annonçant la disparition inquiétante d'une personne majeure, au nom de Dupraton Corinne, épouse Pavani, un enfant.

Type : européen

Âge : quarante-deux ans

Yeux : marron

Taille : un mètre soixante-cinq

Corpulence : normale

Signes particuliers : boucles d'oreilles de type anneaux de couleur or

Tenue vestimentaire : tee-shirt rouge Adidas, legging bleu, baskets rouge et bleu Puma

Véhicule : Peugeot 208 blanche

Divers : partie faire du jogging autour du lac d'Aureilhan

— Et le technicien de l'ONF ? demanda-t-elle.

— Victime collatérale, sans aucun doute ! L'homme a été supprimé par tranchage de la carotide avec un couteau cranté, modèle utilisé par les commandos.

— La balle qui lui a explosé le crâne ?

— 9 mm Parabellum ! Elle provient de la même arme que celle qui a abattu le chien du SDF à Bayonne.

— D'accord… Déjà trois meurtres dont deux viols avec assassinat, une tentative de viol.

— Plus le clebs !

— T'as raison Max, n'oublions pas le chien ! On a bien affaire à un psychopathe.

— Tout à fait… En plus, il nous nargue. Les figurines symbolisent un défi envers la police et la justice. La dernière représente Arès, dieu de la guerre et de la destruction dans la mythologie grecque. Il joue avec nous, avec les médias. Je suis quasi certain que ce pervers bande quand le Proc évoque ses forfaits à la télé entouré d'enquêteurs au milieu d'une forêt de micros.

— À quand la prochaine femme assassinée par cette ordure ?

— Bientôt, j'en ai peur. Demain, on aura les résultats des prélèvements ADN. On a affaire à quelqu'un qui sait manier les armes à feu ou blanches.

— Un ancien militaire ?

— Possible, un ex-commando !

Malou se remémora les cours de psychologie criminelle suivis lors de sa formation. Le programme comportait plusieurs modules, dont un traitant de l'expertise psychologique criminelle, profilage, victimologie, dangerosité. En cours de psychopathologie, elle avait appris toute la théorie sur la psychopathie et ses manifestations les plus courantes : le repli sur soi, l'indifférence, l'irresponsabilité, l'égocentrisme.

Le profil de l'assassin tracé à partir de ses forfaits et de leur occurrence montrait clairement que les enquêteurs se confrontaient à une personne toxique présentant tous les symptômes d'un psychopathe. Cette constatation compliquait l'enquête, cette catégorie de criminels étant souvent d'une intelligence supérieure à la moyenne. Le crime parfait n'existant pas, encore moins avec les progrès de la génétique, un jour ou l'autre, les enquêteurs lui mettraient la main dessus.

Comme lors de chacune de ses enquêtes sur le massacre d'une femme, Malou caressa la crosse de son Glock niché dans son holster avec la ferme envie de supprimer ce monstre. En tant que policière, elle savait pertinemment que son arrestation s'imposait. Ce pervers narcissique devait comparaître devant la justice des hommes et ainsi permettre aux proches de ses victimes de faire leur deuil.

☆

Accablé par un poids invisible, le joggeur découvreur de la terrible scène de crime attendait fébrile dans le couloir de la brigade criminelle. Ses épaules affaissées semblaient révéler son combat intérieur pour échapper à cette vision macabre récurrente squattant son cortex cérébral depuis la veille. Le jeune homme avait immédiatement fait l'objet d'un suivi psychologique. La période de rémission risquait de s'éterniser. Avant le retour hypothétique de nuits dénuées de cauchemars sans prise de somnifères et d'anxiolytiques, de longues heures allongées sur le divan d'un psychiatre l'attendaient.

16 – Le piège

Hospitalisé depuis sa tentative d'assassinat par arme à feu dans l'unité de soins intensifs du Centre Hospitalier de la Côte Basque, Piztia demeurait un miraculé. Toutefois, relié à plusieurs moniteurs à affichage numérique, le berger était loin d'être tiré d'affaire.

Les deux jeunes plantons trouvaient le temps long. La monotonie s'installait. La période la plus délicate était la nuit. Ils devaient rester à veiller le service endormi, excepté lorsqu'une alarme se déclenchait ou lors des rondes du personnel de garde ou de sécurité.

En journée, les mouvements nombreux et les passages d'avenantes soignantes mettaient tous leurs sens en émoi. Avec un sourire en coin par ci et une œillade par là, les plus coquines et cabotines jouaient avec les deux paires d'yeux accrochées à leurs mouvements de hanches durant leurs pérégrinations en blouses blanches. Pendant les pauses-café et arrêts cigarette, les policiers en profitaient pour nouer des contacts amicaux avec quelques jeunes femmes du personnel médical.

☆

En pleine nuit, sans effraction, par une porte métallique dénuée d'alarme, une silhouette vêtue d'une blouse et d'un pantalon blanc, charlotte sur la tête, masque chirurgical sur le nez, mains gantées de latex, s'introduisit discrètement dans le second sous-sol du Centre Hospitalier de la Côte Basque. Dans ces lieux familiers, après un périple sans encombre dans les couloirs déserts et silencieux éclairés seulement par l'éclairage de sécurité, au-delà de la pharmacie, l'ombre bifurqua à gauche et se retrouva devant deux ascenseurs. Par précaution, elle les évita et gravit un escalier de service pour gagner la partie du niveau -1 où se situait l'unité de soins intensifs. Cachée dans un recoin du hall, elle attendit avec tous ses sens aux aguets.

À cette heure avancée de la nuit, tous les patients dormaient d'un sommeil contraint sous l'effet de médicaments et sédatifs. Certains malades étaient maintenus dans un coma artificiel.

Les soins intensifs se composaient de trois modules de cinq chambres veillés par un sas de surveillance. Devant l'entrée de l'unité, deux policiers somnolaient affalés sur des chaises. L'heure de la pause-café approchait. Mû par une horloge invisible, l'un entrouvrit un œil et sortit lentement de sa torpeur. Il secoua son collègue et murmura à voix basse :

— Je vais boire un petit noir. T'en veux un ?

— Ouais… avec sucre, répondit-il en saisissant machinalement son portable.

Le policier s'éloigna d'un pas ensommeillé dans le hall et disparut par un des ascenseurs.

Alors la silhouette blanche patienta encore quelques instants, puis se remit en mouvement telle une panthère prête à se jeter sur sa proie. Sans bruit, elle s'approcha de l'agent en faction le nez rivé sur l'écran de son téléphone portable. Le factionnaire n'eut pas le temps de lever la tête, ni de comprendre ce qui lui arrivait. Une seringue hypodermique tirée à faible distance, remplie d'un puissant sédatif à effet immédiat, venait de le surprendre en plein début de partie de jeu vidéo. En douceur, l'apparition l'étendit au sol.

Le visiteur pénétra discrètement dans l'unité. Hormis les veilleuses de l'éclairage nocturne, juste une lumière diffuse filtrait du sas de surveillance, où deux silhouettes claires se devinaient derrière le vitrage translucide. Après vérification de l'identité du patient porté sur la porte, il s'engouffra discrètement dans la première chambre. Dans la pénombre, un homme sous ventilation artificielle dormait d'un sommeil forcé relié à une perfusion, surveillé par une batterie d'appareils électroniques.

Le pseudo-infirmier ne perdit pas de temps. Il sortit une petite fiole d'une poche de sa blouse et ajouta d'un geste assuré son contenu à la perfusion du malade, puis ressortit de la chambre immédiatement aussi silencieusement qu'à son entrée. Presque aussitôt, les constantes cardiaques du patient s'affolèrent et déclenchèrent quelques secondes plus tard une alarme dans la salle de garde. Une infirmière se précipita. Désarmée devant cette brusque aggravation de l'état du blessé que rien ne présageait, elle appela le médecin de garde.

Le temps qu'ils comprennent ce qu'il se passait, Piztia avait déjà rendu l'âme d'un arrêt cardiaque foudroyant. Quant au tueur, il cavalait vers la sortie par le même chemin qu'à l'aller. En moins de deux minutes, il retrouva l'air libre et son véhicule stationné sur le parking le plus proche.

Lorsque le second policier revint avec le café, une

infirmière auscultait son collègue. À l'intérieur de la chambre occupée par Piztia, le médecin s'évertuait en vain à procéder à un massage cardiaque.

— Il est mort ? interrogea le planton le visage marqué subitement d'un masque anxieux en découvrant son binôme inanimé.

— Non, son pouls est normal. On a dû le droguer.

— Et Pantxoa Ithurbide ?

— C'est fini. On l'a sûrement empoisonné.

L'hôpital de Bayonne s'éveilla plus tôt que d'habitude. Les agents de sécurité accompagnés de policiers fouillèrent le moindre recoin des bâtiments à la recherche d'indices. Le visionnage des enregistrements de la vidéosurveillance permit de repérer le tueur présumé sortant de l'escalier de service, ainsi qu'un gros 4x4 sombre s'éloignant tous feux éteints dans la nuit. Malgré la qualité médiocre de la vidéo due à la faible luminosité ambiante et à la tenue du suspect masquant presque entièrement le visage, la PJ tenta de dresser son portrait-robot.

— C'est une femme ! affirma Imanol après plusieurs passages et arrêts sur image.

— Ou alors un homme très efféminé ! ajouta Sergio en accord avec son chef. Concernant son véhicule, Toyota RAV4 me semble-il.

— Dommage que nous ne puissions pas lire son immatriculation ! Déniche-moi tous les propriétaires de RAV4 du Pays basque intérieur !

☆

Malou continuait à se partager entre l'hôtel de police de Bordeaux et le commissariat de Bayonne. Les deux services se démenaient comme des beaux diables pour mettre sous les verrous l'assassin d'Adeline Lemaître à Bordeaux, de Corinne Dupraton et de Marcel Lafitte à Mimizan, tout en poursuivant l'enquête sur les meurtres de Charlotte de Larralde et de Piztia. Les analyses ADN prouvaient l'implication du même homme dans les trois premiers meurtres cités, ainsi que dans la tentative de viol sur Florence Olano à Bayonne.

Pour décompresser, Imanol invita Malou et Sergio au restaurant. En route pour passer un week-end dans les Pyrénées, Max se joignit à eux.

Sergio passa une partie de la soirée à faire les yeux doux à Malou. Cette attirance du jeune inspecteur envers sa petite personne ne la laissait pas totalement indifférente. Elle le trouvait mignon. Coucher avec lui l'attirait, cependant elle s'y refusait de peur qu'il s'attachât. À trente-trois ans, elle ne se sentait toujours pas prête à sacrifier sa sacro-sainte liberté. Et puis, deux flics en couple travaillant dans le même service, à éviter, sauf si l'on souhaitait vivre dans l'inquiétude permanente !

Malgré la tension engendrée par les recherches et en particulier par celles sur les crimes avec mise en scène, aidés par le partage de quelques verres, les policiers réussirent à les oublier durant quelques heures.

Pendant la soirée, Imanol et Max se chipotèrent sur les performances et mérites rugbystiques de leur équipe favorite, à savoir l'Aviron Bayonnais pour le Basque et l'Union Bordeaux-Bègles pour le Bordelais. Ils rejouèrent quelques mêlées, se plaignirent de l'arbitrage. Puis, en tant qu'entraîneur de comptoir, ils habillèrent pour l'hiver certains joueurs et propulsèrent d'autres au paradis de l'ovalie. Sergio, plutôt pousse ballon, resta en dehors de ces joutes oratoires de quinzistes et en profita pour converser en tête à tête avec sa coéquipière du moment.

Ensuite, quelques clins d'œil à des événements survenus, comme la tentative d'agression de Malou après son combat de boxe en Espagne, permirent le partage de répliques humoristiques :

— Tu lui as brisé menu les bijoux de famille, rappela Max tout sourire.

— Vu la remontée de coucougnettes qu'elle lui a faite, ce n'est pas certain qu'il puisse encore jouer des castagnettes ! ironisa Imanol un verre d'Akerbeltz à la main.

— Sans oublier, le pif du second qui doit maintenant plus tenir d'une courge écrasée que d'un tarin de barbouze ! ajouta Malou.

— Il paraît qu'on peut lui passer un anneau de Betizu[32] dans le naze, compléta Sergio pour ne pas être en reste.

Après toutes ces discussions hautement philosophiques, la fermeture de l'établissement les remit sur le pavé, prêts à retourner au charbon plus motivés que jamais.

Les quatre convives se séparèrent au bord de la Nive. Malou s'engagea dans les ruelles désertes et sombres du Petit Bayonne pour rejoindre sa Golf cabriolet stationnée sur les quais de l'Adour. Une promenade solitaire à une heure avancée de la nuit dans ce secteur de la ville n'était pas toujours rassurante, en particulier pour une femme. Néanmoins, avec la présence de son Glock niché dans son holster dissimulé sous sa veste en cuir, Malou cheminait sans la moindre appréhension dans la rue des Tonneliers.

---

32 Race de vache sauvage des Pyrénées basques

Lors de son court parcours entre les façades muettes des maisons, elle ne croisa personne. Seuls quelques matous à l'affût s'engouffrèrent dans un recoin après observation méfiante de cette intruse avançant d'un pas décidé sur leurs territoires de chasse.

Sous le porche de l'église Saint-André, un SDF dormait sur des cartons, enroulé dans un sac de couchage hors d'âge à côté d'un litron de pinard vide et de papiers gras. Un chien au poil hirsute somnolant à côté de son maître daigna à peine ouvrir un œil à son passage.

Malou traversa les allées Bouffers désertes. Sur le parking, les platanes au feuillage immobile sous la douceur de cette nuit printanière jouaient avec l'éclairage public par un jeu d'ombres chinoises au-dessus des quelques véhicules présents. Un frissonnement parcourut son corps. La sensation d'être observée la prit à la gorge. À cette heure-ci, le lieu se prêtant à un guet-apens, discrètement, Malou sortit de son étui son calibre. Le doigt sur la détente, elle s'approcha de sa voiture. Elle se remémora cette citation de Michel Audiard :

« Dans les situations critiques, quand on parle avec un calibre bien en pogne, personne ne conteste plus. Y'a des statistiques là-dessus ! »

Son sourire fut aussitôt interrompu par une voix glaçante et déterminée surgie du noir :

— Ne bouge pas et lâche ton arme !

Malou se figea sur place. La voix semblait provenir de quelques mètres en arrière, déformée par un masque ou quelque chose de similaire. En une fraction de seconde, elle analysa la situation. Désarmée, sa vie ne vaudrait pas chère. Une arme pointée par un psychopathe devait la fixer.

La différence entre le chasseur et le gibier venait de celui qui tenait l'autre dans sa ligne de mire. Pas question de se laisser piéger telle une jeune lapine égarée à proximité d'un terrier de renards ! Troublant la quiétude nocturne, la cloche de l'église Saint-André résonna deux fois.

Alors, Malou tenta le tout pour le tout. Dans un roulé-boulé digne d'une cascade de cinéma de Jean-Paul Belmondo, elle se jeta au sol et tira en même temps plusieurs fois en direction de la cible présumée qui ouvrit le feu en riposte pendant son acrobatie. Elle atterrit accroupie derrière le tronc d'un platane salvateur sous les sifflements des balles. Une douleur subite irradia sa joue gauche. Elle était touchée. Toutefois, grâce aux réactions engendrées par l'impact de ses tirs, elle savait qu'elle aussi avait fait mouche. Son agresseur se trouvait à une dizaine de mètres d'elle, le souffle coupé par deux projectiles de 9 mm en pleine poitrine encaissés par son gilet pare-balles.

Une nouvelle balle arracha un morceau d'écorce au-dessus de sa tête. Collée au tronc, elle attendit. Son unique chargeur comportait encore huit balles. Son agresseur devait être armé jusqu'aux dents. Cette embuscade ne relevait pas du hasard, on l'attendait. Un jeu de chat et de souris débuta autour du platane. Croyant l'avoir neutralisée, son agresseur s'apprêta à l'ajuster comme une palombe piégée par un appeau, mais il se rendit compte qu'il n'avait qu'effleuré sa cible. L'homme essaya de la prendre à revers. Elle fit feu à nouveau. À l'onomatopée perçue, elle sut qu'elle l'avait touché une nouvelle fois. Une lutte sans merci s'engageait.

Heureusement, une sirène deux tons se rapprochait à

toute vitesse. Les éclats bleus trouaient la nuit et fonçaient vers le lieu de la fusillade. Un véhicule de la BAC[33] s'immobilisa dans un crissement de pneus à une cinquantaine de mètres et illumina la scène de ses pleins phares. Deux policiers en jaillirent, semi-automatiques à la main. Alors, l'homme en noir au rictus fixe de clown, pris dans le faisceau comme une luciole, lâcha au hasard deux nouveaux projectiles en direction de la source de lumière. L'un traversa le pare-brise du véhicule de service, l'autre se perdit dans les frondaisons. Puis, sentant son statut passé de chasseur à gibier, le fantôme masqué s'échappa à grandes enjambées en direction de l'Adour sous les tirs de riposte des agents. Malou tira à nouveau, mais elle arrosa seulement les arbres.

Du sang coulait de sa joue. Lorsque les policiers reconnurent la jeune capitaine affectée en renfort de la PJ de Bayonne, leur surprise fut grande.

— Capitaine, vous êtes blessée ! J'appelle une ambulance, décida le chef de patrouille.

— Inutile ! C'est juste une estafilade. Lancez plutôt un avis de recherche d'un homme très dangereux armé d'un calibre, vêtu de noir, équipé d'un gilet pare-balles, porteur d'une cagoule et d'un masque de clown triste !

Prévenu sur le chemin de son domicile, Imanol rappliqua dare-dare sur le site. Tous les policiers disponibles se lancèrent à la recherche de l'agresseur d'une des leurs. Sergio et Max débarquèrent peu après.

— Tu as été agressée par un rôdeur ? se renseigna Max.

— Non ! C'était notre homme, le psychopathe. Ce soir,

---

33 Brigade anti-criminalité de la police

c'est moi qu'il voulait, pas une autre ! annonça Malou d'une voix grave, en se rendant tout juste compte à quoi elle venait d'échapper.

Les trois enquêteurs encaissèrent la nouvelle avec stupéfaction. Cette conclusion leur fit froid dans le dos.

— Le fumier ! En plus de nous narguer, il s'attaque à nous… et en plein Bayonne ! ajouta Sergio.

— Pas du tout ! Il s'en prend à la femme. Il ne supporte pas qu'une d'elles soit à sa poursuite, précisa Max.

— Je suis d'accord, conclut Imanol. As-tu identifié son arme ?

— Un Beretta 92, je crois.

— 9 mm Para ! Tout concorde. Chargeur quinze coups, cinq balles de plus que toi, sans compter sûrement des chargeurs en réserve, voire une seconde arme.

Un silence pesant suivit. Max, Imanol et Sergio prenaient encore plus conscience du piège tendu à leur collègue Malou. Heureusement qu'elle était courageuse et avait pris la bonne décision, l'unique : affronter le monstre au péril de sa vie !

Une équipe de la scientifique investit le parking dénué de caméras à la recherche des douilles et du moindre indice sur l'agresseur.

— Vérifiez tous les véhicules présents et fouillez-les ! ordonna Imanol. Je suis persuadé qu'il projetait d'enlever Malou. Son véhicule doit se trouver dans le coin. Il attendait son retour pour passer à l'acte.

Malgré l'heure tardive, Bayonne grouillait de toutes les forces de l'ordre disponibles. Un barrage de police contrôlait chaque sortie de l'agglomération. Les franchissements des péages des A 63 et 64 se faisaient sous le regard soupçonneux de gendarmes équipés de pistolets-mitrailleurs, le doigt sur la détente. La chasse à l'homme était lancée. *Condor 64* balayait de son phare de recherche les bords de l'Adour et tournait tel un bourdon excité au-dessus des toits. Le commissaire Patrick Gorretcha arriva à son tour. Un volet claqua au troisième étage d'un immeuble des Allées Boufflers.

— C'est bientôt fini ce bordel bande de crétins ! hurla depuis sa fenêtre un homme hirsute au torse nu.

Quand il discerna le déploiement d'hommes armés et le balai des gyrophares, le volet se referma plus vite qu'il s'était ouvert.

— On a affaire à quelqu'un de malin. Essayons de se mettre dans sa peau ! Il se doute qu'on suppose qu'il cherche à quitter l'agglomération. Alors dans l'attente de la retombée de la pression, il risque de se terrer sur place, suggéra Max.

— C'est une piste à ne pas négliger. Malou, tu devrais aller te faire soigner et te relaxer après cette agression traumatisante, ajouta Imanol. Repose-toi tranquille, je mets deux plantons devant ton hôtel.

— Non, je reste. Je le veux ce monstre, répliqua aussitôt Malou encore dopée par l'adrénaline procurée par l'action.

En aparté le commissaire Gorretcha consulta Max :

— Tu la connais mieux que moi. Crois-tu qu'on peut la laisser poursuivre l'opération sans risque de dérapage ?

— Aucun problème ! J'en réponds comme de moi-même.

— C'est d'accord ! Capitaine Besnier, vous restez, annonça le chef de la PJ de Bayonne à la grande satisfaction de l'intéressée.

En plus de celui de Malou, treize véhicules occupaient le parking. Douze VL ou SUV, plus un fourgon tôlé blanc immatriculé en France muni d'une plaque avec le logo de la région Nouvelle Aquitaine.

— Occupez-vous en priorité de ce Volkswagen Transporter ! ordonna Imanol.

L'immatriculation correspondait à un véhicule appartenant à un habitant de Pau. Par contre, le coloris noté dans le fichier était gris.

— Ouvrez-moi ce véhicule et vérifiez le numéro de châssis ! exigea Imanol suite à l'imbroglio sur la couleur.

Malgré la fermeture électronique, un spécialiste de la police força proprement le véhicule suspect en quelques secondes.

— Capitaine, le numéro de châssis correspond à un modèle similaire blanc dérobé il y a trois jours à un habitant de Bordeaux, annonça un brigadier.

À l'intérieur du fourgon, les enquêteurs découvrirent un matelas posé à même la tôle, des liens en chanvre, une paire de menottes, une cagoule et un rouleau de ruban adhésif.

Un maître-chien accompagné de son animal rejoignit les forces déployées. Le chien policier flaira le véhicule et son contenu sous toutes les coutures. La scientifique recueillit des empreintes sur les menottes et dans la cabine du véhicule, plus des traces de sperme et des résidus organiques sur le matelas.

La traque battait son plein. Le berger allemand mena les enquêteurs au bord de l'Adour, puis perdit la trace du tueur. Malheureusement, à l'approche du lever du jour, le suspect demeurait introuvable.

Le commissaire Gorretcha improvisa un débriefing de la

soirée et proposa à ses enquêteurs de décrocher quelques heures pour un repos bien mérité.

☆

Sergio raccompagna Malou à son hôtel d'Anglet. Deux policiers en tenue assuraient la protection du lieu. Après cette soirée très stressante, après toute l'adrénaline engendrée par l'action, traversée par pleins d'émotions contradictoires, un besoin d'affection titilla le bas-ventre de Malou. Elle ouvrit la portière du côté passager et observa Sergio stoïque les mains sur son volant qui la couvait de ses grands yeux bruns.

— Monte ! déclara-t-elle simplement d'une voix veloutée sans échange du moindre geste de tendresse.

Sergio mit plusieurs secondes avant de réaliser. Lui, éperdu de désir depuis leur première rencontre, restait tétanisé sur son siège comme si l'exaucement de son souhait le plus cher devenait subitement un poids trop lourd à porter.

— Alors, tu viens ? lança-t-elle depuis le trottoir.

— J'arrive, acquiesça-t-il d'un air ému et énamouré.

L'ascenseur les déposa en douceur au troisième étage devant un palier feutré aux revêtements muraux et au sol bordeaux. Dans le couloir, le regard de Sergio ne quittait pas le balancement sensuel de ses hanches et de ses fesses moulées par son jean.

Aucune parole n'avait été échangée depuis le perron. Dès leur entrée dans la confortable chambre à la baie donnant sur le golfe de Gascogne, Malou prit la direction des opérations.

En un tour de main, Sergio se retrouva nu comme Adam.

Alors seulement, il osa la toucher. Son chemisier se soulevait au rythme de sa poitrine durcie par l'envie.

— On dirait que je te fais de l'effet, observa-t-elle avec un demi-sourire gourmand, les yeux tournés vers l'entrejambe de son collègue.

Tout le corps de Sergio se détendit, enfin presque ! Il arracha quasiment les vêtements de Malou. Un désir ardent le consumait depuis la première apparition de cette belle jeune femme élancée. Et là, sans prévenir, elle s'offrait à lui. Enfin, leurs corps se soudèrent, leurs lèvres partagèrent des baisers passionnés et embrasés. Il couvrit son cou de petits coups de langue, puis se hasarda au creux de ses seins tendus aux pointes saillantes.

Malou ne lui laissa pas le temps d'atteindre le creux de son intimité. Elle le coucha sur le lit. Chaude comme la braise, elle s'empala sur son soupirant et mena la danse à son rythme, les yeux fermés.

Toutes les tensions de la soirée s'oublièrent dans son plaisir. Sergio se retrouva très vite emporté par la frénésie de sa partenaire, laquelle semblait sur une autre planète.

Avec qui faisait-elle l'amour ? Elle seule le savait. Impudique, pas rassasiée par son amant, telle une chatte en chaleur, devant les yeux ébahis de Sergio, elle se caressa jusqu'à exploser de spasmes de jouissance.

Il avait compris. Il s'en doutait. Alors qu'il lui faisait l'amour, elle baisait. Une véritable liaison avec Malou paraissait inenvisageable. Peut-être, un petit coup de temps en temps !

Une demi-heure plus tard, douché, rhabillé, il se retrouva dans le couloir après un petit bisou furtif.

— Alors Chef, tout va bien ? lâcha goguenard un des

deux factionnaires en le voyant quitter l'établissement d'un pas alerte, les joues rouges et les cheveux ébouriffés.

— Elle est en sécurité, répondit-il machinalement.

Le soleil était levé, la journée s'annonçait belle.

— Tu crois qu'il l'a bordée ? s'intéressa l'autre.

— Vu sa mine, je le pense.

Seule dans sa chambre, étendue nue sur les draps empreints de l'odeur de foutre, Malou réalisa enfin toute l'étendue du sort horrible que lui réservait cet halluciné. À deux doigts de craquer, quelques larmes commencèrent à ruisseler sur ses joues chaudes, des frissons d'effroi parcoururent son corps immobile. Les yeux grands ouverts, elle fixait le plafond. Les images floutées des précédentes victimes dansèrent sur le fond blanc, vite remplacées par le masque de clown triste du fou.

Prise de bouffées de sueur et de légers tremblements, de peur et d'angoisse, elle saisit son Glock posé sur la table de nuit et faillit repeindre le plafond à coups de 9 mm.

Sortir avec un homme lui avait semblé la solution pour exorciser cette agression. Sur le moment, cette stratégie avait parfaitement fonctionné. Le plaisir du sexe avait balayé toutes ses idées noires. Mais maintenant, redescendue de son petit nuage artificiel dopé à l'ocytocine, la solitude, la fatigue et la décompression la ramenaient à la réalité.

Ce soir-là elle avait échappé d'extrême justesse au sadisme du pervers pourchassé. Ce soir-là avait failli être le dernier de sa courte vie. En tant que combattante, elle ne devait en aucun cas se laisser abattre, même par le plus horrible sort. Si elle montrait le moindre signe de faiblesse, le service allait lui proposer d'aller s'étendre et s'épancher sur le divan d'un psy. Cette perspective était hors de question. Ou alors, le psy couché à poil sur le divan, à sa merci ! Cette vision érotique ramena le sourire sur son visage fatigué. Là-dessus, elle s'endormit paisiblement.

☆

La veille au soir,

Vers vingt heures, la Golf blanche cabriolet de Malou déboucha du parking souterrain de l'hôtel *Oyarzun* d'Anglet, lieu de ses séjours bayonnais. Sa chambre orientée plein ouest donnait sur l'océan et la superbe forêt de Chiberta traversée par de multiples sentiers de randonnée, arborée principalement de pins et de chênes verts, bordée de villas cossues et du parc écologique Izadia.

Depuis l'intérieur d'un fourgon blanc garé à proximité, un homme guettait la sortie de son véhicule. Aussitôt, il démarra à sa suite en faisant attention de ne pas se faire repérer. Le flot de la circulation était suffisant pour que la filature restât discrète. La Volkswagen remonta tranquillement le long de la rive gauche de l'Adour jusqu'au parking des Allées Boufflers. L'utilitaire s'y gara également. Son chauffeur décida d'attendre. Agir à cette heure-ci était beaucoup trop risqué. La nuit noire sera plus propice à l'action.

Un peu avant deux heures du matin, il la vit rejoindre seule son véhicule. Alors, le visage revêtu d'un masque de clown triste, le temps était venu de passer à l'acte. Son intention première était d'enlever cette belle femme flic élancée, sûre d'elle, afin de lui faire payer d'être à ses basques. Il posséderait ce corps magnifié, puis à petit feu en se délectant de ses souffrances, il lui ferait rejoindre ses consœurs ad patres. Elle n'avait aucune chance d'échapper au sort réservé. Il avait préparé cette opération avec minutie, comme à l'armée.

Harnaché tel un commando, armé de deux pistolets, un Beretta 92 FS à chargeur de quinze balles et un Walther P38 K à huit coups, plus un couteau de fusiller marin, l'homme se sentait invincible. Sa tête névrosée avait élaboré des scénarios plus pervers les uns que les autres. Cette fliquette souffrirait, l'implorerait, le supplierait et quitterait cette terre sous ses yeux déments.

Ses précédents viols et meurtres avaient satisfait une part de sa haine des femmes. Par contre, celui-ci revêtirait une saveur particulière, un parfum de revanche ultime sur les humiliations éprouvées depuis son adolescence devant ces sexes féminins inassouvis à cause de son impuissance au moment de passer à l'acte. Même la prise de la petite pilule bleue n'avait rien changé. Son blocage venait du tréfonds de son cortex cérébral, peut-être d'un complexe d'Œdipe mal résolu. Il se remémora des remarques vexatoires formulées par des amantes déçues.

« Ça ne fait rien ! lâcha l'une en se rhabillant aussitôt.

C'est la première fois que je rencontre un mec qui ne bande pas devant moi, osa une autre en le toisant d'un sourire narquois, debout à poil les mains sur les hanches, la poitrine arrogante.

Tu devrais consulter un psy, lui conseilla une troisième d'un ton compatissant en roulant des yeux de biche déçue.

T'es puceau ? l'interrogea une quatrième sans ménagement. »

Après ce nouveau forfait, il se fera oublier, au moins quelque temps.

Cependant, maintenant qu'il avait franchi le pas, pourra-t-il résister au désir de jouir de la peur de ses victimes, de leurs souffrances ultimes ? L'avenir le dira. Sa face obscure restait tapie, toujours prête à frapper là où on ne l'attendait pas.

En s'attaquant en pleine ville à une policière enquêtant sur ses crimes, la prise de risque semblait énorme, irréfléchie. Avec toutes les forces de l'ordre lancées à sa recherche, son statut de chasseur passait à celui de gibier. Échapper à la souricière tendue devenait un autre challenge. Cependant, confiant dans sa bonne étoile, dans son armement et dans sa capacité à ne laisser aucune trace derrière lui, excepté son sperme sur le corps de sa proie, il avait décidé d'oser. Toutes les frustrations emmagasinées au fil des années se trouveraient lavées par ce summum de sa carrière de meurtrier.

Et puis, son ADN était répertorié mais non identifié dans les bases de données. Son casier judiciaire d'une virginité absolue était sa force. Il n'avait jamais fait l'objet d'une garde à vue, ni de la moindre inculpation ou arrestation. Homme de l'ombre sachant se fondre dans le paysage sans attirer l'attention, capable d'attendre et de pister une proie pendant des jours, de survivre isolé en milieu hostile.

Maintenant, ses crimes tombaient sous le feu des médias français, voire européens. Cette gloire inopinée le réjouissait au plus haut point. Des experts en criminologie débattaient de son cas sur les chaînes d'information en continu pendant des heures. Seul point en sa défaveur, le portrait-robot ressemblant établi après le viol manqué de la commerçante bayonnaise.

Pourquoi n'avait-il pas expédié ce sans-abri d'une balle en pleine tête rejoindre son foutu clebs au royaume des perdants ? Pourquoi avait-il fait preuve d'empathie et de faiblesse alors qu'aucune once de compassion n'émanait de son cerveau malade, qu'un meurtre de sang-froid le laissait insensible ? À ce jour, cette fraction d'humanité demeurait son unique accroc dans son parcours de tueur.

Tel un félidé, il descendit de son fourgon et le Beretta bien en pogne s'avança discrètement sur les talons de sa cible cheminant calmement une vingtaine de mètres devant lui en direction de son cabriolet.

17 – Acte II

Le tueur s'en voulait. Cette satanée fliquette avait échappé à son traquenard. Comment un tireur de son niveau avait-il pu se laisser abuser tel un débutant alors qu'il tenait sa cible au centre de sa ligne de mire ! Excès de confiance, la suffisance du pro ! Pourtant, cette opération avait été préparée avec la plus grande minutie. En ce moment, il devrait être en train de s'amuser avec cette chienne, avant de l'envoyer après d'atroces souffrances rejoindre le royaume de ses ancêtres.

Au lieu de cela, depuis plusieurs heures, en compagnie de rats agressifs et d'énormes araignées régnant sans partage sur leurs toiles, il se terrait tel un ver de terre pour échapper à la meute des poulets lancée à ses trousses, aidée d'un chien et d'un hélicoptère. En dépit de cette faute, la partie n'était pas perdue. L'ennui, les flics avaient sûrement découvert son fourgon et saisi son matériel. L'étau allait se resserrer.

Heureusement qu'il connaissait parfaitement le Petit Bayonne et ses passages secrets inconnus de la plupart ! Heureusement qu'il savait crocheter tous types de serrures en un tour de main et possédait toujours dans une des poches de sa parka une lampe frontale !

Un passage souterrain oublié datant de l'époque de Vauban permettait de rallier en toute discrétion les sous-sols de la Citadelle depuis la rive gauche de l'Adour. Méthodique, il avait pris soin d'en verrouiller derrière lui la trappe métallique d'accès.

Terrassé par la fatigue, au petit matin, affalé contre la pierre froide le sommeil le gagna. Tout à coup, l'assassin se réveilla avec la sensation que quelque chose mordillait le bas du pantalon de sa jambe gauche. Dans le halo de sa lampe frontale, horrifié il découvrit un énorme rat le confondant avec un jambon à l'os. À deux doigts de l'abattre d'une balle en pleine tête, il se souvint de la clique extérieure de volatiles jetée à sa poursuite. Alors, il se contenta d'envoyer valdinguer l'immonde bestiole d'un violent coup de ranger's, tout en vociférant pour la construction tricentenaire :

— Dégage, sale bête !

Le muridé déconfit abandonna à contrecœur ce repas inespéré et s'éloigna en couinant de façon stridente, puis se retourna bravache et provocateur en montrant ses incisives acérées. Avant que le rat rancunier ne rameutât ses congénères affamés, le fuyard décida de tenter de rejoindre le parking de Glain. Là, il pourrait se procurer un nouveau véhicule pour échapper à la souricière mise en place. Finir dévoré vivant par une bande de rongeurs carnivores serait un comble pour un homme capable de vivre comme eux !

☆

Depuis la veille au soir, toutes les unités de police et de gendarmerie dotées de l'ensemble des moyens disponibles étaient mobilisées dans cette traque au psychopathe. Or le fugitif s'était évanoui dans la nature à proximité des bords de l'Adour sans laisser la moindre trace. Au désespoir de son maître, le chien policier perdait toujours sa trace sur la berge. Même les égouts venaient d'être inspectés sans plus de résultat.

— S'est-il lancé dans la traversée de l'Adour ? J'en doute fortement. L'hélico l'aurait repéré avant qu'il n'atteigne la rive droite, tempêta Imanol.

— Il s'est peut-être noyé, proposa Sergio pragmatique.

— Une carne de ce genre ne meurt pas facilement ! Je n'y crois pas. Il a dû trouver une cachette qui nous échappe pour l'instant.

Son patron, le commissaire Patrick Gorretcha était harcelé par le sous-préfet étonné du vain résultat de la traque, lui-même assailli par le préfet soumis à la pression du ministère de l'Intérieur. Un tueur en série de jeunes femmes qui nargue les autorités, piètre publicité à l'approche d'une élection cruciale pour la pérennité du pouvoir !

Après quelques heures de repos, dès sept heures du matin, Imanol, Sergio et Malou parcouraient inlassablement la berge gauche de l'Adour à la recherche du plus petit indice qui leur aurait échappé. Soudain, Sergio avisa une petite porte métallique rouillée baignée par la marée montante. En mouillant le bas de son pantalon, il réussit à l'atteindre. Elle était fermée à clef. Dépité, il revint vers Imanol et Malou restés en couverture le calibre à la main :

— Pendant une seconde, j'ai cru trouvé sa cachette, se désola le jeune enquêteur.

— Cette ouverture ne figure pas sur nos plans, s'étonna Imanol. Je vais l'ouvrir cette putain de trappe.

Les pieds dans l'eau froide, Imanol eut raison de la serrure antédiluvienne en un tour de main. Sa lampe torche révéla un conduit rectangulaire en pierre de taille d'environ un mètre cinquante de hauteur, orienté en direction de la citadelle, à la forte odeur de renfermé, dénué de détritus.

Courbés en deux, les trois enquêteurs se lancèrent à l'intérieur armes au poing.

— Plusieurs toiles d'araignées semblent avoir été détruites récemment ! chuchota-il à ses compagnons d'exploration. Il s'est échappé par ce boyau. Malou, demande le renforcement immédiat du dispositif au niveau des bords de la Nive à partir du pont du Génie.

Leur progression se faisait lentement. Parfois, la lumière artificielle surprenait les yeux étonnés de rats mécontents que des humains vinssent fouler leur sanctuaire. Une demi-heure plus tard, les trois policiers débouchaient sur les bords de la Nive à proximité du parking Glain sans avoir découvert le fugitif, le dos en compote, sous le nez de plusieurs pistolets-mitrailleurs prêts à les allumer.

— Ne tirez pas, ordonna un gradé en reconnaissant le capitaine Imanol Etcheberry et ses collègues, sales et couverts de toiles d'araignées.

Un peu plus loin, un homme retenu par un cordon de flics en tenue braillait qu'on avait volé sa voiture garée la veille devant la maison des Associations.

— Quel est le modèle de votre véhicule ?

— Une Peugeot 205 héritée de mon pauvre père, comme neuve…

— Stop ! l'arrêta Sergio d'une voix autoritaire dans sa diatribe nostalgique destinée aux abonnés du Bon Coin.

— Vous avez les papiers de l'ancêtre ?

— On m'a piqué ma voiture et vous m'emmerdez avec ses papiers, râla l'excité qui n'avait toujours pas pigé que le déploiement d'artillerie au pied de la citadelle ne concernait pas la disparition de son tas de ferrailles à roues.

Imanol intervint pour calmer le bougre :

— Soit vous nous présentez gentiment les papiers de l'antiquité, soit on vous embarque pour obstruction dans une enquête criminelle sous le régime de la garde à vue, tonna-t-il en déployant sa grande carcasse surmontée d'un faciès peu avenant, le calibre toujours en main.

Dans les secondes suivantes, l'avis de recherche d'une Peugeot 205 blanche immatriculée 4859 ZM 64 inondait la fréquence des forces de l'ordre.

☆

La 205 filait à toute allure vers le sud. Déjouer les barrages mis en place sur les axes routiers se révéla un jeu d'enfant, certes source de stress. Une perruque blonde, une fausse moustache et des lunettes, et les Bleus n'y avaient vu que du bleu ! Un contrôle au faciès suivant le portrait-robot sans fouille du véhicule. Malgré son insensibilité naturelle, l'homme le plus recherché de France et de Navarre avait quand même lâché un peu d'huile devant les policiers soupçonneux, harnachés et lourdement armés.

La petite berline s'engagea sur la route de Saint-Pée-sur-Nivelle pour rejoindre Cambo par Espelette. Prévenu par des appels de phare de la présence des poulagas, il évita le bourg de Saint-Pée-sur-Nivelle par la D 89.

La vision de cette poufiasse d'enquêtrice brune au look de mannequin envahit à nouveau sa cervelle déjà bien confuse. Quel con ! La prochaine fois, il ne manquera pas sa cible.

Laisser retomber la pression, se planquer, attendre,

reprendre une vie simple. Puis, quand le temps sera venu, il l'enlèvera, lui fera sa fête et l'enverra rejoindre ses minables semblables en enfer. Rira bien qui rira le dernier !

Cette pensée parasite stimula son taux d'adrénaline et le ramena au franchissement du contrôle de Bassussarry, où en définitive il n'en menait pas large sur le siège conducteur de la petite française malgré ses flingues à portée de main. Une herse en travers de la chaussée encadrée par une escouade de pistolets-mitrailleurs inquisiteurs braqués suffisait à refroidir le plus téméraire des truands sauf à chercher une confrontation à l'issue déjà écrite. Heureusement que son déguisement de surfeur sur le retour avait suffi aux gendarmes ! Il ne possédait pas une grenade défensive, comme Mesrine !

Ces pensées importunes lui firent inconsciemment appuyer sur le champignon. En dépit de la signalisation de danger, à l'approche de Souraïde, la Peugeot aborda à trop grande vitesse une courbe serrée. Il pila. Les disques avant gémirent. La vieille berline dépourvue de système antiblocage des roues se mit en travers. Un judicieux contre-braquage prévint de justesse la sortie de route. La Peugeot zigzagua et finalement heurta le côté gauche d'une antique Renault 4 conduit par un Papy Mougeot, béret basque vissé sur son crâne déplumé, clope papier maïs collée au bec, cramponné à son volant comme une moule à son bouchot.

Sous le léger choc, l'ancêtre y laissa une aile et son pare-chocs arrière. Le tueur omit de laisser sa carte de visite. Peut-être que cette mauvaise action évita au vieux Basque de terminer prématurément sa longue vie avec un pruneau logé entre les deux yeux !

Au niveau de la commune d'Itxassou, la 205 hoqueta,

puis le moteur cala, l'aiguille du niveau de carburant bloqué sur le zéro. Une entrée bienvenue d'un verger de cerisiers lui permit de la garer en dehors de la chaussée.

— *Puta*[34], cette charrette n'a plus d'essence ! lança-t-il pour personne.

Dépité, il récupéra son artillerie et s'enquit d'un autre véhicule.

☆

Sergio courut prévenir Imanol.

— La brigade de Cambo vient de découvrir la 205 abandonnée au bord de la D 932 à Itxassou.

— Fais concentrer les recherches sur le triangle Cambo – Saint-Jean-Pied-de-Port – Saint-Étienne-de-Baïgorry ! On fonce sur place.

— Le fumier a encore échappé aux barrages, s'agaça Malou.

— Ne t'en fais pas ! L'étau se resserre. On va le neutraliser mort ou vif. Tous les postes frontières sont verrouillés.

— Et s'il rejoint l'Espagne par la montagne ?

— Je crois plutôt qu'il va essayer de se mettre au vert quelque temps dans le Pays basque intérieur.

— Qu'est-ce qui te fait envisager cette hypothèse ?

— Il t'a manquée. Frustré par son échec, il récidivera.

— Tu m'inquiètes !

— Pas de problème, on se le fera avant.

☆

34 Injure espagnole

La chance continuait. Le fugitif se glissa sans bruit et face au vent dans la cour d'une ferme isolée, propriété d'un paysan célibataire. Une antédiluvienne Lada Niva stationnée devant un hangar semblait l'attendre. Un berger belge relié à une longue chaîne montait la garde dans la cour, allongé les yeux à demi fermés. Le chien ne semblait pas l'avoir repéré. Le meurtrier ajusta son silencieux sur son Walther P38 K et tira. La bête s'effondra sans le moindre aboiement ou gémissement. Une minute plus tard, le véhicule tout-terrain convoité quittait le plus discrètement possible la ferme silencieuse.

Dans le rétroviseur du tueur, un homme furieux en bleu de travail surgit, un fusil de chasse à la main. Celui-ci ne tergiversa pas, il épaula et lâcha deux cartouches de douze en direction de son véhicule s'éloignant sur le chemin de terre. En suivant, le paysan sauta dans son quad et prit en chasse le voleur, le fusil calé sur son guidon. À la sortie d'une courbe serrée à la vue masquée par l'environnement végétal, le cultivateur se retrouva face à sa Lada arrêtée à côté d'un individu armé d'un pistolet pointé en sa direction. En guise d'extrême-onction, une seule balle ajustée en plein front l'envoya rejoindre son champ de tournesol récemment semé. Le paysan basque venait de croiser son destin à cause d'une malheureuse panne d'essence d'une vieille guimbarde dérobée par un malade. La vie ne tenait qu'à un fil, celui du destin.

☆

Pendant ce temps, le capitaine Imanol Etcheberry accompagné de Malou et Sergio fonçait pied au plancher sur le lieu de découverte de la Peugeot en panne. Le bouclage du secteur était en cours avec toutes les forces de l'ordre disponibles.

Depuis le début de son périple meurtrier, la chance avait souri au psychopathe en dépit de ses provocations et prises de risque insensées. Néanmoins, les enquêteurs sentaient le vent et le jeu de poker menteur tourner en leur faveur.

Dès la mise hors circuit de ce fou, les policiers pourraient se concentrer à nouveau sur l'arrestation du meurtrier de Charlotte de Larralde, de celui de Piztia, des trafiquants de cigarettes et des faux-monnayeurs. Avec cette suite d'évènements dramatiques, ces enquêtes paraissaient au point mort. Malgré tout, la surveillance d'Oihan Arrizurieta dit Asmotsu se poursuivait, sans résultat probant jusqu'à maintenant. La dernière fiche transmise mentionnait la présence discrète d'une femme brune et menue répondant au prénom de Lorea, s'exprimant exclusivement en langue basque. Son identité n'avait pas encore pu être établie avec certitude. D'après un indic, celle-ci serait de nationalité espagnole et originaire d'Euskadi. Un cliché flou accompagnait la note.

☆

Attablé au bar *Xinguy* devant son petit-déj, Imanol méditait sur cette enquête avançant à la vitesse d'un escargot, le nez plongé dans son café. À la table voisine, deux vieux commentaient à haute voix les dernières nouvelles du Pays basque, les yeux attirés par les faire-part de décès du journal *Sud-Ouest*. Sans le vouloir, Imanol profitait de leur conversation. Il eut préféré les entendre se chamailler sur les résultats du rugby plutôt que sur les convois funéraires.

— Merde, une de tes anciennes a passé l'arme à gauche, annonça l'un.

— Laquelle ? demanda l'autre l'œil pétillant sous une paupière tombante, en dépit de son allure décatie augurant d'une meilleure aptitude à lever le coude qu'autre chose.

— Lorea !

— Lorea… ?

— Putain, ta mémoire flanche encore plus que tes guiboles. Rappelle-toi, Fleur Etchebest surnommée Lorea…

La suite de la conversation se perdit dans les eaux vertes de la Nive. Le cerveau d'Imanol réagit au quart de tour. Fleur Lacoutre, la compagne d'Oihan Arrizurieta, et cette Lorea pouvaient recouvrir la même personne. Depuis le repérage d'une femme inconnue dans l'environnement immédiat d'Oihan, comment se faisait-il qu'aucun enquêteur n'ait pensé à cette équivalence franco basque de prénom !

La petite femme repérée en sortie de l'hôpital de Bayonne en pleine nuit après le meurtre de Piztia dans l'unité de soins intensifs, Fleur Lacoutre ?

Imanol ne prit même pas le temps de terminer son petit-déjeuner. Il déposa une coupure sur la table et partit à grandes enjambées rejoindre son véhicule de service garé à proximité. Son deux-tons lui permit de gagner son bureau à la vitesse de la lumière. En le voyant avaler la volée de marches au pas de charge, le policier de service à l'entrée pensa : « Il est bien pressé d'aller bosser le Capitaine ! »

Dès son fessier installé dans son fauteuil à roulettes, Imanol lança son ordinateur. Vu la saturation du serveur maison, il eut le temps de pester contre le manque récurrent de crédits informatiques avant de pouvoir charger les photos de Fleur Lacoutre et de Lorea X. Malgré l'impossibilité de les grossir au vu de leur faiblesse en pixels, son intime conviction faite, il appela Malou et Sergio pour prendre leur avis.

— C'est la même personne, conclut Malou avec assurance après plusieurs visionnages.

— Elles se ressemblent, mais j'ai un fort doute, prétendit Sergio tout aussi affirmatif.

— Je partage l'avis de Malou. Sergio, je te parie un gueuleton au *Chantaco* que la Landaise Fleur Lacoutre et la soi-disant Basque espagnole Lorea machin chose est une seule et même femme.

— D'après la fiche de la DGSI d'Oihan Arrizurieta, sa compagne est artiste céramiste alors que le mode opératoire du meurtre de Piztia est imputé à un professionnel de santé, plaida Sergio toujours dubitatif.

— C'est le point faible de ma conclusion, admit à contrecœur Imanol pensif. Elle n'a peut-être pas toujours travaillé la terre. Sergio, renseigne-toi sur son pedigree depuis son adolescence !

Les archives des RG[35] crachèrent une fiche manuelle jaunie au nom de Fleur Lacoutre. Sergio fila aussitôt chez son patron. Fleur Lacoutre était diplômée de l'école d'infirmières de Mont-de-Marsan. Après deux ans de travail dans le service des urgences de Bayonne, elle avait abandonné les seringues pour manier le tour.

— Dire qu'on a supprimé les RG ! Ils étaient moins nombreux que la Stasi[36] est-allemande mais aussi efficaces,

---

35 Renseignements généraux (service dissout en 2008)

36 Police secrète de RDA

constata Imanol. On va cueillir cette Fleur dès que possible. Un bon interrogatoire devrait nous livrer toutes ses pétales.

Malou éclata d'un grand rire.

— Imanol, si tu n'avais pas été flic, tu aurais pu faire poète.

— Écoute, ma carcasse de rugbyman masque ma face romantique.

— Je ne suis pas sûr que tes adversaires aient apprécié ton romantisme primaire sur le terrain, surenchérit Sergio hilare.

18 – Les jours d'après

À l'hôtel de police de Bordeaux, une policière suivait de près tous les avis de recherche transmis par le ministère de l'Intérieur. Une fiche récente relatait la disparition inquiétante d'une jeune femme :

Nom : Van de Kerkoove Sarah

Type : européen

Nationalité : Belge

Âge : vingt ans

Yeux : bleu

Cheveux : blond

Taille : un mètre soixante-douze

Corpulence : mince

Signes particuliers : tatouages de couleur sur les bras, les jambes, le dos et le ventre

Tenue vestimentaire : veste et pantalon kaki, baskets noires, sac à dos XXL bleu foncé

Divers : Voyage en auto-stop depuis Liège en Belgique pour rejoindre Nerja en Espagne - Aperçue pour la dernière fois mardi à la sortie de Mimizan sur la D 652 en direction du Sud.

Elle prévint immédiatement le commissaire Maxime Grabowski.

— Réunion dans un quart d'heure dans mon bureau, lança Max à ses équipiers présents dans les locaux de la Crim.

Une fois leur dose de nicotine inhalée, les capitaines Kevin Daruiz et Damien Benedetto rejoignirent leur chef autour de la table ronde. Imanol, Sergio et Malou participaient à la réunion par visioconférence depuis la salle vidéo du commissariat de Bayonne.

— J'ai sous les yeux une fiche de recherche d'une jeune autostoppeuse belge disparue à la sortie sud de Mimizan, annonça Max en préambule. A-t-elle croisé la route de notre psychopathe ?

— Chronologiquement par rapport au périple de l'assassin, ça ne colle pas, mais qui sait ! L'imprévisibilité correspond au profil du tueur, ajouta Imanol.

— Exact ! Après avoir donné l'impression de gagner le Pays basque, peut-être l'Espagne, il a pu remonter vers le nord avant de repartir dans l'autre sens.

— Question à se poser. Ce fou prévoit-il ses meurtres ou agit-il à l'impulsion en fonction des rencontres ? poursuivit Max.

— D'après son profil, je pense qu'il programme ses viols et meurtres, répondit Malou en se remémorant ses cours sur le profilage des criminels à l'Institut de criminologie.

— Je partage ton avis, acquiesça Max. Il est totalement dingue, mais non dépourvu d'une certaine forme d'intelligence. La jeune fille du Parc bordelais devait être sa première victime. Maintenant qu'il est passé plusieurs fois à l'acte, le risque existe qu'il sème une multitude de cadavres féminins.

☆

Après la réunion en vidéoconférence avec la Crim, Imanol prit Malou en aparté pour la prévenir que l'Inspection générale de la police venait de débarquer pour enquêter sur le déroulé de son agression, suite à l'usage d'armes de service par elle-même et deux autres fonctionnaires.

— Malou, entre nous, tu as allumé la première ? la questionna Imanol.

— Si j'avais fait des sommations, je ne serais pas assise en face de toi, mais allongée dans une caisse en bois au fond d'un trou quatre pieds sous terre, honorée de la Légion d'honneur à titre posthume.

— T'as eu raison d'agir de cette façon ! Dommage que cet enfoiré portait un gilet pare-balles. Mais, tu connais la réputation des Bœuf-carottes. Ils peuvent foutre dans la merde un collègue parce qu'il n'a pas appliqué le règlement à la lettre !

— Je le sais et je n'en ai rien à cirer…

— Calme-toi Malou ! On va préparer ensemble les réponses aux questions que vont te poser ces fouille-merde.

— Tu me connais. Je suis assez grande pour me défendre toute seule.

— Écoute, je le sais parfaitement. Suis mon conseil !

— D'accord, accepta finalement Malou après quelques instants de réflexion.

☆

Imanol réorganisa son équipe et répartit les rôles :

— Malou, tu vas te consacrer uniquement à l'enquête sur le psychopathe. Quant à toi, Sergio, tu mets le paquet sur celles des meurtres de Charlotte de Larralde et Piztia.

Le lieutenant Erroitegui accueillit presque avec soulagement cette décision du patron. Depuis son aventure avec Malou, faire équipe avec elle lui pesait.

En permanence, il la voyait onduler, les yeux fermés, les cheveux bruns mi-longs ébouriffés, la poitrine ferme dansant au rythme de ses déhanchements.

Quant à Malou, la belle semblait ne plus s'en rappeler et agissait comme s'il ne s'était rien passé. Elle voyait bien que son jeune collègue paraissait malheureux et rêvait toujours d'entretenir une liaison avec elle. Alors, elle décida de lui parler en tête à tête.

— Sergio, as-tu le temps de prendre un verre ce soir après le boulot ? demanda-t-elle d'une voix attentionnée à laquelle aucun mâle ne pouvait résister.

— Bien sûr Malou ! acquiesça-t-il aussitôt ferré comme une truite à la pêche à la cuillère entraînée vers l'épuisette.

Trois heures plus tard, tous deux s'installaient dans un coin tranquille d'une brasserie chic du centre de Bayonne. Attablé devant une *pale-ale*[37], en bon écolier respectueux prêt à boire les paroles de sa maîtresse, Sergio patientait sagement.

— Écoute, il ne faut pas que tu te fasses des illusions. Je suis une femme très indépendante. Je ne recherche absolument pas une liaison régulière avec un homme. Je n'ai aucune envie de terminer avec la bague au doigt, ni le moindre désir de maternité.

Un silence pesant suivit le préambule de Malou. Sergio jouait avec son verre de bière et semblait chercher dans

---

37 Bière anglaise blonde

l'amertume anglaise de son sirop de houblon l'inspiration nécessaire à la poursuite de la discussion.

— Tu préfères les femmes, se hasarda-t-il à déclarer en la regardant par en dessous tout en espérant ne pas la fâcher avec cette question quelque peu indiscrète.

— Ce que tu peux être bête ! Je ne suis pas homosexuelle. J'aime les hommes, mais je privilégie ma liberté par-dessus tout.

— Pourtant, l'autre nuit, tu m'as proposé de monter et... tu as pris du plaisir à faire l'amour avec moi. Je me trompe ?

— Rassure-toi ! J'ai aimé baiser avec toi. J'en avais besoin, après cette soirée. Oui, j'ai joui... réellement. Il est possible que je te le repropose. Tu es un bon coup comme disent les meufs d'aujourd'hui. Mais, je choisis quand je couche et avec qui... Ne fais pas la gueule ! Mignon comme tu es, les nanas doivent te courir après.

Sergio digéra les paroles de Malou et comprit que son rêve d'une liaison resterait au stade utopique. Par contre, le compliment sur ses aptitudes au lit flatta sa fierté de coq dressé sur ses ergots. Cerise sur le gâteau, la porte restait entrouverte pour une nouvelle partie de jambes en l'air.

— OK Malou ! Tu parles comme un homme, avoua-t-il maladroitement.

— Je sais ! Mon comportement est parfois masculin. J'ai toujours possédé un côté garçon manqué. Au grand désespoir de mes parents, jouer à la dînette ou à l'infirmière avec mes poupées ne m'a jamais convenu. Mais, tu es bien placé pour savoir qui je suis réellement, commenta-t-elle en souriant. Et puis, sans être une féministe jusqu'au-boutiste, je suis pour l'égalité des sexes.

— Dans notre métier, beaucoup de collègues sont plutôt misogynes.

— Ça, c'est certain. Certains ont une bite en guise de cervelle. Dans une précédente affectation, un collègue m'a mis la main aux fesses sans invitation. Il s'est retrouvé avec mon calibre en train de lui ramoner les trous de nez. Il n'a jamais recommencé.

— Après, vos rapports devaient être tendus dans le boulot.

— Pour sûr !... Le droit de cuissage, c'est immoral, dégueulasse et dépassé.

— T'as raison.

— La possession d'une paire de couilles entre les jambes ne vous rend pas supérieur à nous, ajouta-t-elle en s'esclaffant devant la mine gênée de son collègue devant son langage cru.

— C'est sûr !

— Viens Sergio ! Si tu veux, on y va ! lança Malou en le couvant d'un regard ambigu.

19 – Rendez-vous galant

Un message tombé sur le portable d'Imanol interrompit la réunion de préparation de l'arrestation de la présumée Lorea-Fleur Lacoutre. Un sourire illumina son visage tendu par la traque en cours.

— Une excellente nouvelle : d'après un de mes indics, les livraisons de cigarettes de contrebande devraient reprendre incessamment. Devinez qui sera le livreur ?

— Arantxa Jimenez ! Pas possible ! s'exclama Malou en découvrant le message.

— Un vieil adage sportif prétend qu'on ne change pas une équipe qui gagne, confirma Imanol.

— Le lieu en France est-il connu ?

— Pas à ce jour.

— Un petit traceur GPS pourrait nous aider. Pas facile, elle crèche en Espagne, suggéra Sergio.

— La belle vient à toi Malou ! On va lui préparer un comité d'accueil pas piqué des hannetons, annonça Imanol. Pour le traceur, j'ai ma petite idée. Si je me souviens bien : devant une mousse, elle a évoqué son programme d'entraînement.

— Exact ! Deux par semaine, le lundi et le jeudi. Comment vas-tu faire ?

— J'ai un vieux copain de l'autre côté de la frontière qui

se fera un plaisir de me rendre ce service.

— Tu le tiens par les couilles ? interrogea Sergio surpris.

— En gros, c'est cela ! Un ancien boxeur du Donostia qui a mal tourné. Je vais lui laisser deux jours pour récupérer le matos et le poser sous la voiture de la boxeuse.

Comme programmé, le surlendemain, le contact espagnol d'Imanol le prévenait de la réussite de l'opération. L'attente commençait. Malou était impatiente de voir la petite Basque assise en face d'elle sous le régime de la garde à vue. L'arrestation de la compagne d'Oihan Arrizurieta fut reportée.

✯

La veille, « l'homme de confiance » d'Imanol se présenta en début de soirée devant la salle d'entraînement du Donostia Boxing-club à San Sebastian. Un quart d'heure plus tard, Arantxa Jimenez descendit d'une Volkswagen Golf blanche et s'engouffra le visage fermé avec son sac de sport en bandoulière dans les locaux de son club. La suite fut un jeu d'enfant. Dans les minutes suivantes, l'homme penché discrètement sous la berline allemande colla un boîtier magnétique de géolocalisation sous le châssis. Après vérification de son fonctionnement, il avertit par message Imanol de la pose du mouchard.

✯

Depuis plusieurs semaines, Arantxa Jimenez affichait une mine aussi avenante qu'une gardienne de prison. Suite à l'incident relatif au crédit accordé à la boxeuse française Malou Gratien, son mari lui tirait une gueule de six pieds de long et l'ignorait. Elle avait bien essayé de regagner sa confiance, mais Paskual restait inflexible et vivait tel un étranger à ses côtés. En dehors des contacts professionnels inévitables, leurs discussions se résumaient à des banalités et aux obligations minimales du ménage. Même les repas se prenaient séparément la plupart du temps. Heureusement que la salle de boxe lui permettait d'extérioriser sa rage intérieure !

Cette vie amoureuse en jachère de longue durée pesait sur son psychisme et sa libido. Déjà qu'auparavant, leurs moments d'intimité se raréfiaient de plus en plus. Lassée, elle envisagea d'aller voir ailleurs.

En surfant sur internet, plusieurs sites de rencontres attirèrent son attention. De guerre lasse, après plusieurs années de mariage sans accroc au contrat, Arantxa s'inscrivit sous pseudonyme sur Pinder.com. Les propositions ne tardèrent pas à affluer. Par contre, leur lecture la laissa coite. Un premier lui réclamait des photos osées, un second avait joint un cliché de son membre au garde-à-vous, un troisième faisait des offres sexuelles déviantes, un quatrième lui proposait une partouze. Déçue, le moral dans les collants, Arantxa se trouva à deux doigts de se désinscrire de Pinder.com et de retourner martyriser les sacs de frappe.

Finalement, un Français de Bayonne lui adressa une proposition courtoise de rendez-vous, dépourvue d'attributs sexuels et de demandes ou suggestions diverses et variées. En s'inscrivant sur ce site, elle n'envisageait pas du tout une rencontre à l'étranger. Cependant, après quelques échanges amènes sur le Net, elle craqua.

— Paskual, je dois me rendre en France demain soir, annonça-t-elle entre le traitement de deux factures.

— Que vas-tu faire en France, se renseigna son mari soupçonneux. T'as envie de te faire gauler par les poulets !

— Réfléchis, s'il m'avait identifiée, l'Erzaintza m'aurait déjà convoquée ou serait venue me chercher. Je vais à un gala de boxe.

Paskual fixait sa femme comme s'il la découvrait. Un certain temps s'écoula avant qu'il ne formulât une autre question :

— Tu combats ?

— Non, j'y vais en supportrice de deux boxeuses de mon club.

Fervent supporter du club phare basque de la Liga, l'Athletic Bilbao, Paskual ne jurait que par le football. Le noble art ne l'intéressait pas le moins du monde. Il n'assistait jamais aux réunions pugilistiques, même si son épouse combattait.

— Comme tu veux ! répondit-il en s'éloignant.

Arantxa dissimula un grand sourire. Bien que leurs rapports fussent très distendus, elle s'attendait à devoir discutailler avec son mari. Ce rendez-vous du lendemain lui faisait un peu peur. Pour la première fois depuis son mariage, elle allait flirter avec un autre homme, de plus inconnu, français et peut-être plus si affinité. Vu son désir, elle souhaitait conclure avec ce Bayonnais.

Par contre, elle devait ruser. Impossible de partir en tenue de femme fatale pour se rendre à un gala de boxe ! Discrètement, Arantxa emporta une toilette de soirée : une jupe courte dévoilant ses jambes musclées, un chemisier chic et moulant, des escarpins à talon aiguille d'une bonne dizaine de centimètres, sans oublier bijoux, trousses de maquillage et parfum français.

Quand Paskual vit sa femme s'installer au volant de sa Golf en jean, basket, chemise style masculin, veste en cuir, il ne pouvait se douter que cette dernière s'apprêtait à le tromper. De toute façon, son unique préoccupation était la soirée *cerbeza*[38] programmée avec ses copains dans le local du club de Vera des supporters de l'Athletic Bilbao.

*

— Capitaine Etcheberry, le véhicule d'Arantxa Jimenez se dirige vers le poste frontière de Biriatou, annonça le gardien de la paix, les yeux plantés sur l'écran de contrôle du traceur GPS posé sous la berline de la Basque espagnole.

Imanol passa l'info à ses subordonnés chargés de la filature de la boxeuse. Après réflexion, il avait décidé de ne pas l'intercepter à la frontière mais de la prendre en flagrant délit de livraison des cigarettes de contrebande à son contact en France.

Dix minutes plus tard, la Golf prit la sortie autoroutière de Saint-Jean-de-Luz Sud et se dirigea vers Ciboure. À l'entrée de l'agglomération, la berline s'arrêta sur le parking d'un supermarché. Arantxa revêtit sa tenue de soirée, jupette, chemisier en soie et escarpins, puis elle se para de ses boucles d'oreilles en or blanc et soigna son maquillage. Après une dernière touche d'un rouge à lèvres carmin sur ses lèvres pulpeuses et un ultime coup de peigne à ses cheveux courts et noirs, satisfaite de l'image renvoyée par son miroir de courtoisie, elle poursuivit sa route.

Arantxa gagna Ciboure et patienta pendant plusieurs minutes sur le parking du port, moteur arrêté. Afin d'éviter

---

38 Bière en langue espagnole

de se faire repérer, le véhicule banalisé stationné en retrait observait sa proie aux jumelles, prêt à foncer pour arrêter les truands lors de la transaction.

Arantxa saisit son portable. L'entretien téléphonique ne dura pas suffisamment de temps pour permettre aux enquêteurs français d'identifier son correspondant. Toutefois, ils purent repérer son bornage. Ensuite, elle descendit de son véhicule et alluma une cigarette.

— T'as vu la gonzesse, jupe ras la moule et montée sur échasse, baisable ! dit l'un des trois planqués.

— Ouais, un peu musclée et râblée mais j'en ferais bien mon quatre-heures ! surenchérit le second.

— On n'est pas là pour ça ! J'informe le patron, objecta le chef de patrouille.

Imanol se posait des questions :

— Que signifiait cette mise en scène pour livrer de vulgaires tafs de contrebande ? Un lieu ouvert à tous les vents et équipé de caméras de vidéosurveillance ?

Debout à ses côtés, Malou intervint :

— Une nana en tenue de femme fatale n'est pas là pour ce qu'on attend.

— On est en train de se faire baiser. Mon indic nous a roulés dans la farine.

— Non, la garce, c'est elle qui va se faire baiser ! ironisa Malou, l'œil sombre, en voyant sa revanche programmée lui échapper ce soir-là.

L'arrivée signalée d'une Audi A7 noire interrompit leur discussion de dépit. La grosse berline allemande conduite par un homme grisonnant se rangea à côté de la Volkswagen. Arantxa monta à la place du passager. Immédiatement, l'Audi quitta le parking et se dirigea vers

Saint-Jean-de-Luz. Le véhicule de police la prit aussitôt en filature. Au nord de Saint-Jean, la luxueuse automobile entra dans le parking d'un hôtel-restaurant gastronomique réputé situé au-dessus de la falaise dominant l'océan Atlantique.

Le conducteur, un homme élégant cravaté du col, entraîna vers le restaurant avec déférence une Arantxa plus accoutumée aux chaussures de boxe qu'aux talons à aiguille.

— Bordel, pendant qu'on va encore se taper un jambon beurre, ils vont s'enfiler un homard, lança un des policiers.

— Et après, ils vont s'enfiler tout court, ajouta grivoisement le plus jeune.

— Les gars, on en a pour la nuit, avertit le plus gradé.

*

— Imanol, on a identifié le costard. Nicolas de Larribière, un entrepreneur de BTP bien connu sur la place, annonça Sergio. Un mec patron de plusieurs sociétés, bourré de tunes et coureur de jupons.

— De toute façon, cette piste ne mènera nulle part. On est en train d'assister à une vulgaire partie de jambes en l'air, conclut Imanol dépité.

Vers deux heures du matin, l'Audi A7 déposa Arantxa Jimenez sur le parking du port de Ciboure. Encore sur un petit nuage après cette première rencontre libertine, elle s'installa dans sa Golf. Avant de rejoindre le domicile conjugal, tout en se contemplant dans son miroir de courtoisie, elle repensa à la soirée.

Bien détendue par un sublime dîner aux chandelles, grisée par deux coupes de Don Pérignon, Arantxa s'était laissé conduire dans la chambre réservée par le chef d'entreprise parlant couramment l'espagnol avec juste une petite pointe d'accent franchouillard.

De nature plutôt pudique d'habitude et se trouvant quelconque, l'effet des bulles gomma son appréhension à se présenter nue devant son bel amant d'un soir. La jeune Basque espagnole ressentit à nouveau les caresses des mains fines et douces aux ongles manucurés sur son corps offert. Cette évocation la fit frissonner et déclencha à nouveau des papillons dans son bas-ventre.

Quelle différence avec les grosses paluches calleuses aux ongles parsemés de résidus de graisses de son mécanicien de mari !

Habituée au devoir conjugal sans le moindre préliminaire, la sensation d'être désirée par un homme attentionné flattait son ego. Plusieurs orgasmes avaient ponctué sa position allongée. Elle ne se souvenait pas d'en avoir connu un seul avec son rustre d'époux. Les yeux fermés, elle s'imagina délaisser sa petite vie étriquée entre sa maison vieillotte et son bureau sans âme pour le luxe et la luxure.

Soudain, deux ombres maléfiques surgirent de la nuit :

— Poufiasse, ton sac, vite ! intima le premier d'un ton menaçant en s'engouffrant sans invitation à la place du passager.

— T'as vu sa tenue de salope, on va lui faire sa fête à cette traînée, ajouta le second en découvrant les cuisses nues à ras le bonbon.

Bloquée derrière son volant, la ceinture de sécurité attachée, la battante Arantxa Jimenez se trouvait dans la situation d'une abeille prise dans une toile d'araignée.

Pendant que l'un s'occupait de fouiller son sac à la recherche de liquidités et de cartes bancaires, le second tout en maintenant fermement de son bras droit la jeune femme par le cou, la main en bâillon sur la bouche, lui ôta sans ménagement ses boucles d'oreilles. Excité, il fit sauter quelques boutons du chemisier et dégagea un sein lourd qu'il pinça sadiquement. Alors qu'il tentait de glisser sa main gauche dans la culotte de sa proie, malgré le manque d'air, la douleur et la violence de l'agression, Arantxa réussit à saisir une bombe lacrymogène cachée à portée de main et à asperger son violeur.

Le véhicule banalisé s'était remis en planque en dehors du parking. Bien que persuadé de son inutilité, le capitaine Imanol Etcheberry avait ordonné de filer la jeune femme jusqu'à la frontière.

— Merde, des mecs agressent notre cliente ! s'écria soudain le conducteur, les yeux rivés dans ses jumelles infrarouges.

Aussitôt, le gyrophare bleu troua la nuit. La berline de police déboucha en trombe sur le parking. Les deux malfrats s'éclipsèrent à grandes enjambées en toussant, les yeux tenant du saule pleureur, en direction du Fort de Socoa. Alerté, un véhicule de la BAC avec trois policiers à son bord rappliqua à toute allure.

Quatre policiers s'élancèrent à leur poursuite en direction de l'ouvrage construit sous Louis XIII, renforcé par Vauban. Les truands contournèrent la forteresse et gagnèrent la plage, puis la digue protégeant le port. Mauvaise pioche ! Piégés comme des mouches au fond d'un bocal, les deux salopards n'eurent pas le loisir d'admirer les vagues se fracassant en cadence sur le brise-lames protégé par une multitude de blocs. Devant les Sig-Sauer, sauf à jouer aux futurs noyés, ils durent lever les bras et soumettre leurs dextres de délinquants aux pinces des policiers.

Pendant ce temps, leurs deux autres collègues s'occupèrent de la victime choquée découverte dans une tenue quelque peu débraillée, la gorge irritée et les yeux inflammés par le gazage dans l'habitacle. Traumatisée, la jeune Basque espagnole se laissa conduire sans aucune réticence à l'hôpital pour examens.

La fouille de son véhicule révéla une cartouche de cigarettes de contrebande. Cerise sur le gâteau, le sac à main d'Arantxa Jimenez abandonné en cours de cavalcade par ses agresseurs dévoila un petit portefeuille avec plusieurs faux billets de vingt euros. Ils en profitèrent également pour saisir son téléphone portable tombé sous un siège.

Outre les agresseurs, cette intervention inopinée en flagrant délit permit à Imanol de placer aussi en garde à vue leur victime pour détention de marchandises prohibées et recel de fausse monnaie.

Les examens cliniques ne décelèrent aucune blessure physique nécessitant de garder Arantxa Jimenez à l'hôpital. Encadrée par deux policiers, elle le quitta au petit matin pour le siège de la police judiciaire de Bayonne.

Lorsque Malou la vit débarquer à l'hôtel de police dans sa toilette aguicheuse, perchée sur des escarpins, avec une mine de pitbull à la recherche de son os, elle s'imagina difficilement avoir affronté cette femme sur un ring.

Dans la matinée, mené par Sergio, son interrogatoire commença sous la supervision de Malou dissimulée derrière une vitre sans tain. Bravache, Arantxa Jimenez déclina l'assistance d'un avocat.

Devant le jeune enquêteur de la PJ, à part son pedigree, elle refusa de répondre aux autres questions et déclara ne pas comprendre les raisons de sa garde à vue. Au fur et à mesure que le temps s'écoulait, Arantxa Jimenez semblait reprendre du poil de la bête. Alors Imanol décida de laisser mijoter en cellule la Basquaise jusqu'au lendemain matin avant de la faire cuisiner par la capitaine Malaury Besnier.

☆

Au lever du jour, Paskual Jimenez rentra de sa soirée fort arrosée. Le cerveau à moitié anesthésié par l'alcool, il entra dans le parking du garage. La découverte d'un véhicule de l'Erzaintza stationné devant son établissement estompa en un clin d'œil sa cuite. Malgré la tempête dans son crâne et le brouillard présent devant ses yeux, il comprit que cette visite ne relevait pas de la simple courtoisie.

Paniqué, il enclencha la première, percuta la voiture d'un client, puis la Seat de la police tentant de lui barrer la route et termina sa course contre son panneau publicitaire annonçant « *Garaje Jimenez – Reparaciónes todas las marcas* »[39]. Après une tentative désespérée de fuite et de résistance aux forces de l'ordre, Paskual se retrouva maîtrisé d'une clé de bras le nez râpant l'enrobé, puis menotté et embarqué manu militari au siège d'Irun.

Aussitôt, une équipe de limier investit le garage Jimenez. Assez rapidement, les policiers saisirent une cargaison de cigarettes de contrebande vaguement dissimulée derrière des fûts dans la réserve d'huile et une liasse de faux billets de vingt euros planquée dans son vestiaire.

---

39 Garage Jimenez – Réparations toutes marques

Le résultat de la prise de sang confirma une alcoolémie bien supérieure au seuil pour perdre son permis de conduire, presque quatre grammes. De toute façon, après les découvertes faites par les policiers dans son entreprise, Paskual n'allait plus en avoir utilité pendant quelques années.

Cueilli au saut du lit par une autre équipe de l'Erzaintza, son fils Eneko n'opposa aucune résistance. Quant à son aîné, Xabi, les policiers ne le trouvèrent pas.

Dès sa sortie de cellule de dégrisement, Paskual se retrouva devant deux enquêteurs à la mine patibulaire.

*

Après une nuit éprouvante au confort plus que spartiate, allongée sur un vulgaire banc en bois aux pieds en acier scellés dans le sol, enfermée dans une cage grillagée au milieu des cris et insultes de la faune nocturne, Arantxa Jimenez avait perdu de sa superbe. Le rimmel avait coulé. Sa partie de jambes en l'air de la veille était déjà oubliée.

Lorsqu'elle découvrit derrière le bureau de la salle d'audition, la capitaine Malaury Besnier alias Malou Gratien sur le ring, en jean et chemise masculine avec un pistolet lové dans un holster à l'épaule, elle ouvrit des yeux plus ronds que des soucoupes. Malou reprit l'entretien depuis le début :

— Nom, prénom, adresse, nationalité ?

— Mais Malou, tu me connais, on s'est…

— Je suis la capitaine Malaury Besnier de la police criminelle bordelaise, chargée de votre interrogatoire dans le cadre d'une procédure de garde à vue, assena-t-elle aussitôt afin de mettre au parfum sa cliente.

— Nom, prénom, adresse, nationalité ?

— Mais enfin…

— Nom, prénom, adresse, nationalité, réitéra d'un ton cassant Malou pour la troisième fois les yeux rivés dans ceux charbonneux d'Arantxa.

La jeune Basque espagnole abaissa le regard. Son moral venait de prendre un sacré coup de *Calgon*[40]. La fière combattante sur le ring tenait plus du chihuahua nain à mamie que du rottweiler.

— Arantxa Jimenez, Legia Karrika 254, Vera de Bidasoa, Navarra, de nationalité espagnole, répondit-elle déstabilisée et vaincue par l'attitude professionnelle de la capitaine dénuée de la moindre empathie.

Malou exhiba un scellé contenant la cartouche de paquets de cigarettes.

— Où vous êtes-vous procurée ces cigarettes ?

— Chez le marchand, tenta Arantxa acculée dans les cordes.

— Vous me prenez pour une conne ! tonna Malou déterminée à obtenir les aveux de sa cliente. Au fait, votre mari et votre fils cadet ont été appréhendés par l'Erzaintza. Un mandat d'arrêt international a été émis envers votre fils aîné.

Après l'annonce de l'arrestation de Paskual et Eneko et du mandat contre Xabi, dans le regard d'acier de la policière, Arantxa Jimenez comprit que sa ligne de défense ne tiendrait pas longtemps. Elle et sa famille se trouvaient dans un très gros pétrin et bien mal parties pour s'en sortir sans un passage de quelques années à l'ombre. Et puis, la

---

40 Marque de produits anti-calcaires

police basque avait forcément perquisitionné le garage et leur domicile.

— Où vous êtes-vous procurée cette cartouche ? balança une nouvelle fois Malou.

Alors, Arantxa Jimenez décida de jouer carte sur table :

— Ce sont des cigarettes de contrebande. Mon rôle était d'assurer la livraison à un contact en France et d'encaisser la transaction.

— Sur le parking du *Miramar* à Hendaye ?

— Oui.

— Votre contact, c'était feu Charlotte de Larralde ?

— Oui.

— Qui vous les fournissait ?

— Je ne sais pas. C'est mon mari qui gérait cette phase.

— Et vos fils, quels rôles ont-ils dans cette organisation criminelle.

— Je vous jure sur la tête de mes aïeux et de Saint-Jacques-de-Compostelle qu'ils ne sont pas impliqués.

— Laissez dormir Saint-Jacques dans sa chasse dorée et évitez plutôt le parjure !

Les faux billets trouvés dans le sac à main d'Arantxa atterrirent sur le bureau.

— Et cette monnaie de singe, qui vous la procurait ?

— Monnaie de singe ?

— Oui, faux billets !

Arantxa Jimenez sembla scotchée sur sa chaise métallique. Le trafic de cigarettes, c'était déjà grave, mais celui de fausse monnaie pouvait vous conduire en prison pour une durée fort longue. Son teint naturellement hâlé s'évanouit d'un coup. Elle balbutia :

— Je ne… comprends pas. Je ne suis pas au courant.

Derrière une vitre sans tain, le capitaine Imanol Etcheberry ne perdit pas une miette de l'entretien. Il eut l'intime conviction que la Basque disait en partie la vérité. A priori, Arantxa Jimenez était une battante sur le ring, mais se faisait manipuler dans sa vie familiale.

Dans l'après-midi, le procureur de Bayonne déféra Arantxa Jimenez devant un juge d'instruction pour trafic de marchandises prohibées et complicité dans le recel de fausse monnaie.

En suivant, elle se trouva incarcérée dans le quartier pour femmes de la prison de Pau. Venue en France pour prendre du bon temps avec un inconnu dans une luxueuse chambre d'hôtel, elle logeait maintenant entre les quatre murs d'une petite cellule délabrée de la rue Bourbaki[41]. Ironie du destin ou juste retour de bâton !

☆

Pendant ce temps, la chasse au psychopathe continuait. La nasse se resserrait. L'ADN du sperme isolé sur le matelas du Volkswagen Transporter correspondait à celui du tueur recherché. C'était le même que celui de l'assassin de la jeune Adeline Lemaître au Parc bordelais, de la joggeuse Corinne Dupraton et de Marcel Laffite dans la maison forestière de Mimizan et de la tentative de viol sur la Bayonnaise Florence Olano.

Trois crimes sauvages avec mise en scène, une tentative de viol, l'agression de l'Officier de police judiciaire Malaury Besnier, plus après les expertises balistiques le meurtre du paysan basque près de Souraïde. Cette sinistre

---

41 Rue où se situe l'établissement pénitenciaire de Pau

série devait être stoppée au plus vite avant que la psychose gagnât l'ensemble du Pays basque.

Et puis, l'auto-stoppeuse belge Sarah Van de Kerkoove demeurait introuvable. Sa dernière trace remontait à plusieurs jours lorsqu'un témoin avait aperçu de loin la jeune fille monter dans une BMW blanche au sud de Mimizan. Aurait-elle également croisé la route sanglante du déséquilibré ?

À cette litanie morbide, il fallait ajouter l'assassinat de la Biarrote Charlotte de Larralde et du berger Pantxoa Ithurbide, sans oublier les mitraillages inexpliqués d'Irouleguy et de Saint-Étienne-de-Baïgorry. Un lien existait-il entre ces affaires si dissemblables au premier abord ? Alors lequel et pourquoi ?

En visioconférence avec le commissaire Maxime Grabowski de la Crim bordelaise, le capitaine Imanol Etcheberry essayait depuis une demi-heure de délier les nœuds de cette pelote de laine rugueuse.

— Une relation semble une évidence : le Pays basque intérieur. Qu'en penses-tu Max ?

— Je partage ton avis.

— Malou a repéré un petit accent ibérique dans la voix de son agresseur, rappela Imanol.

— Et Florence Olano, a-t-elle confirmé cette impression ?

— Le choc a été tel que nous n'avons pas encore pu l'entendre. D'après les toubibs, elle semble victime d'une amnésie dissociative l'empêchant de se souvenir de cet évènement très traumatisant.

— J'ai rencontré un cas similaire. En dehors d'une psychothérapie, de l'administration de médicaments, l'hypnose a permis à la victime de combler son trou mémoriel, expliqua Max.

— Le Doc prétend que parfois les malades peuvent recouvrer spontanément leurs souvenirs. Certains auraient même des flash-back leur permettant de revivre l'évènement tel que vécu.

— Parfois, les morts sont plus bavards que les vivants ! Le témoignage de Malou suffit à penser que notre « client » est espagnol ou d'origine espagnole et vivrait dans le pays basque intérieur, peut-être en Basse Navarre.

— Sergio, convoque l'amant d'un soir d'Arantxa Jimenez, Nicolas de Larribière ! Qui sait ! Sur l'oreiller, elle a pu confier des infos intéressantes.

20 – Le phénix

Malgré ses clignements d'yeux, l'obscurité restait quasi totale. Seul un léger filet de lumière filtrait à travers un genre de bouche d'aération. Aucun bruit ne troublait le silence oppressant, hormis quelques lointains cris d'oiseaux ou brames de cervidés.

Elle grelottait et ressentait la chair de poule collée à sa peau. Sa main droite retenue par un anneau en métal relié par une chaîne de quelques mètres à une paroi en béton la tenait prisonnière. Sa main libre explora son corps. Elle était nue comme un ver, réduite à l'état d'esclave tels les pauvres Africains arrachés à leur continent croupissant au fond de la cale d'un galion de malheur. Dans l'environnement immédiat de quelques mètres carrés, aucune trace d'objets ou de mobilier, ni le moindre effet personnel.

Son crâne lui renvoyait l'impression bizarre d'avoir été droguée. Sa bouche pâteuse réclamait à boire et son estomac à manger.

Une fois son esprit reconnecté, elle se remémora. En route pour l'Espagne, un véhicule conduit par un homme l'avait prise en auto-stop. Le début du voyage se passa agréablement. Une fois les présentations faites et quelques banalités échangées, le chauffeur s'avéra du genre taiseux, songeur. Cette situation l'arrangeait. Son objectif était de rejoindre au plus vite ce travail saisonnier en Andalousie dans une station balnéaire, et non de répondre aux questions d'un inconnu.

Au bout de deux heures de route, un arrêt aux toilettes, ponctué par un café industriel sans saveur gentiment offert par le conducteur, suivi à son retour dans le véhicule d'un besoin irrépressible de dormir. Puis le néant, jusqu'à son réveil, attachée dans cette espèce de trou à rats.

L'homme avait-il versé du GHB[42] dans sa boisson ? Avait-il abusé d'elle ? Cette hypothèse lui glaça le dos.

Avec fébrilité, elle porta sa main gauche à son bas-ventre. Des traces gluantes parsemaient son pubis. Cette découverte la fit tressaillir. Du sperme, sans aucun doute. On l'avait violée pendant son inconscience sous l'emprise d'une drogue.

Pourquoi la retenait-on prisonnière ? Quelle était sa destinée ?

Avec stupeur, elle imagina sa survie liée à l'obligation d'arpenter le bitume d'une quelconque ville pour le bonheur d'un salaud de proxénète ou à offrir ses charmes dans une maison close sous la coupe d'une mère maquerelle. Alors, elle pleura toutes les larmes de son corps et s'égosilla à en perdre haleine afin qu'on vînt à son secours.

☆

Quelques heures plus tôt…

Le tueur proposa un arrêt à sa passagère sur une aire d'autoroute. Pendant son séjour aux toilettes, il ajouta

---

42 Acide gammahydroxybutirique : drogue de synthèse connue sous le nom de « drogue des violeurs »

quelques gouttes de GHB à son café. Peu après la reprise du voyage, l'auto-stoppeuse sombra dans un lourd sommeil.

Une heure plus tard, l'homme rejoignit son repaire, une vieille ferme isolée abandonnée à proximité d'un petit bois de feuillus. En ce lieu hors des sentiers fréquentés, il stockait son armement bien caché dans des caisses derrière de vieux fagots et tout un fatras d'objets hétéroclites bons pour la décharge.

Il transporta sa proie inanimée à l'intérieur et l'étendit sur la table usagée en chêne de l'ancienne cuisine au sol en terre battue. Dans son antre dépourvu d'électricité, alimenté en eau par un puits artésien, il alluma quatre cierges et brûla des bâtons d'encens. Il préférait pouvoir fixer la peur dans les yeux de ses victimes, mais cette opportunité lui offrait sur un plateau une jeune femme inconsciente à sa merci.

Dans cet environnement sinistre, réplique caricaturale d'un temple sacrificiel digne de siècles révolus, le rituel pouvait commencer. Il lui retira tous ses vêtements. Excepté la poitrine et les épaules, le corps de la fille était couvert de tatouages colorés. Une paire de seins clairs ronds et laiteux s'offrirent à ses mains perverses garnies de latex. Son poignard luisait sous la lumière vacillante des cierges, tel le couteau du grand prêtre devant les entrailles d'une poule de sacrifice. La pointe effilée explora un à un les dessins corporels.

Pour une fois, il bandait devant ce corps pâle habillé d'encre, plus décoré qu'un papier peint suranné. Au moment de passer à l'acte, il se rendit compte que le tatouage partant du sexe jusqu'au nombril figurait un phénix de face, les ailes étendues sur un bûcher, la queue noyée dans la minuscule touffe de poils pubiens blonds. Le phénix, symbole héraldique de la renaissance et de l'immortalité !

Fascinée et perturbée par cette découverte, sa cervelle se déconnecta. Une nouvelle foi, son phallus ramolli l'empêcha d'abuser de sa victime. Alors, il se caressa et éjacula sur la jeune belge inconsciente.

Une fois ce forfait accompli, la tuer devenait impossible. La suppression d'un être vivant porteur du tatouage de l'oiseau légendaire et sacré ne pourrait que lui apporter les foudres du ciel et la scoumoune !

Heureusement, sa tanière disposait d'une cave dénuée de toute ouverture en dehors d'un petit soupirail quasi masqué par un roncier. Alors il décida de l'enfermer attachée dans cette pièce. Dans un jour ou deux, il repasserait se repaître de cette créature au phénix. Sa folie l'empêcha de penser à nourrir et à abreuver sa prisonnière. D'après la légende, un phénix ne mangeait presque jamais et ne se nourrissait que de soufre. Son cerveau dérangé mélangeait le mythe et un jeu vidéo. Cette jeune Belge représentait à ses yeux une incarnation de la vie éternelle.

☆

Malgré la ténacité des enquêteurs espagnols et les preuves découvertes dans son garage, cigarettes de contrebande et liasses de fausse monnaie, le garagiste Paskual Jimenez resta de marbre et ne desserra pas les dents. Même la nouvelle de l'arrestation de sa femme en France le laissa indifférent. En suivant, il fut incarcéré à la prison de Bilbao.

Quant à son fils cadet Eneko, aucune charge ne put être retenue contre lui à ce stade de l'affaire. Il retrouva la liberté assortie d'une obligation de se tenir à la disposition de la justice. Toutefois, Eneko apprit aux policiers que son frère Xabi se serait rendu à un concours de tir en Andalousie.

Après vérification, ils ne découvrirent aucune trace de sa présence à cette manifestation.

21 – Chasse à l'homme

Tôt le matin, Imanol, Sergio et Malou se dirigeaient vers le hameau d'Haritzalde de la commune de Saint-Étienne-de-Baïgorry. Une couche dense de brouillard occultait le relief campagnard.

Le capitaine Imanol Etcheberry en collaboration avec son chef, le commissaire Patrick Gorretcha et le procureur de la République, avait décidé de procéder sans délai à l'interpellation de Fleur Lacoutre soupçonnée du meurtre du berger Piztia. La brigade de gendarmerie de l'ex-chef-lieu de canton était mobilisée pour cette opération non dénuée de risques au vu de la personnalité du compagnon de leur cible, Oihan Arrizurieta dit Asmotsu. Le recours au GIGN[43] avait été évoqué, puis abandonné suite à l'argumentaire d'Imanol.

L'ancienne ferme basque se trouvait sous surveillance depuis plusieurs jours. Seul le couple l'occupait sans animal de compagnie susceptible de les alerter. Un Toyota RAV4 stationnait dans la cour. Dans un garage dormait une Citroën C3, le véhicule de Fleur Lacoutre.

À six heures du matin, Imanol frappait contre le battant en bois rouge sang de bœuf. Faute d'une réponse rapide des

43 Groupe d'intervention de la Gendarmerie nationale

occupants, la serrure vola en morceaux. Les trois enquêteurs se ruèrent dans le logement directement vers la chambre à coucher du couple repérée sur plan. La pièce était vide. Le lit défait aux draps refroidis semblait avoir été quitté dans la précipitation. Un soutien-gorge orphelin traînait sur le parquet.

Une fouille approfondie du domicile et de ses dépendances confirma le pressentiment des policiers : les oiseaux s'étaient envolés du nid. Certainement prévenus de l'intervention programmée, les deux tourtereaux sur le retour avaient profité de la brume épaisse pour s'échapper nuitamment par l'arrière en direction de la montagne au nez et à la barbe des plantons de la gendarmerie.

Les limiers de la scientifique investirent les lieux. Si jusqu'à ce jour, Oihan Arrizurieta n'avait jamais cotisé au fichier ADN, les choses allaient changer. Sous une pile de serviettes de toilette, une armoire aux portes entrouvertes dévoila au fond d'un rayon une liasse de faux billets neufs de deux cents euros. Le numéro de série correspondait à celui de ceux découverts dans le sac à main de feu Charlotte de Larralde.

Sans la moindre ambiguïté, cet indice monétaire reliait l'assassinat de la jeune femme à celui de Piztia.

*

Quelques heures plus tôt…

Fleur Lacoutre n'arrivait pas à trouver le sommeil. Elle pensait à son compagnon Oihan Arrizurieta endormi à ses côtés en train de ronfler comme un sonneur. Depuis plusieurs jours, elle le sentait préoccupé. Cet état remontait à l'accident de Charlotte de Larralde.

Elle vivait avec Oihan depuis plusieurs années et n'était pas de nature jalouse. Elle savait pertinemment qu'en bonne abeille son homme butinait çà et là. Du moment qu'elle occupait la couche officielle, elle s'accommodait de cette situation.

Par contre, sa relation avec cette Biarrote l'inquiétait. Oihan était en train de tomber dans les griffes de son amante blondasse, amoureux.

Un jour, imprudemment son compagnon avait laissé traîner des photos dénudées de cette femme et des messages partagés.

Physiquement, la Charlotte était plutôt canon ! Fleur ne pouvait prétendre à rivaliser avec cette pétasse de bourgeoise, l'ex-femme du patron du *Chantaco*. Une belle plante blonde, grande au corps élancé, à la poitrine développée et fière, au postérieur rond, aux cuisses galbées, alors qu'elle-même était petite, menue, avec des fesses plates et un buste tenant plus de la planche à repasser que des volcans d'Auvergne.

Le jour de l'accident, son compagnon avait dû tellement faire grimper cette garce aux rideaux qu'elle jouât à la fille de l'air sans ailes sur la route de son domicile. Dommage qu'une aussi belle femme terminât en poissons à bouillabaisse ! Quoique !

Cette dernière pensée tira un sourire sur ses lèvres sèches.

Depuis le décès de cette poufiasse, les emmerdes s'accumulaient : l'arrêt des livraisons, l'arrestation du couple Jimenez, les poulagas arpentant la vallée des Aldudes pire que des morts de faim.

En cette nuit déjà bien avancée, seul un petit câlin pourrait la transporter dans les bras de Morphée. Sa main au creux de son intimité n'eut pas l'effet apaisant escompté, alors elle la glissa vers le bas-ventre de son homme.

Pendant qu'elle le chevauchait les yeux mi-clos, un portable sonna. Trois heures trente indiquaient le réveil lumineux posé sur la table de nuit.

— Putain, on ne peut plus baiser tranquille, roumégua Oihan en se levant tel un ressort en berne, tout en saisissant le calibre dissimulé sous son oreiller.

Fleur déçue par cette interruption très mal venue se montra inquiète. Un mauvais pressentiment l'assaillit. Présage négatif, un appel en pleine nuit sur ce téléphone à carte prépayée.

Oihan revint les traits plus tendus que les cordes d'une guitare.

— Lorea, habille-toi vite ! On dégage. Les poulets arrivent.

En moins de deux minutes, vêtus en randonneur et porteur chacun d'un sac à dos, ils quittèrent le plus discrètement possible par une porte dérobée l'habitation et s'enfoncèrent à travers le brouillard dans le chemin situé derrière la maison en direction de la montagne.

Malgré les conditions difficiles, Oihan pouvait le parcourir presque les yeux fermés. Fleur suivait avec peine son compagnon habitué depuis son plus jeune âge à crapahuter sur les chemins escarpés.

Au bout de plus d'une heure de marche nocturne ininterrompue dans cette purée de pois, Fleur glissa malencontreusement sur un rocher humide et se retrouva le nez dans la terre boueuse.

— Ça va ? chuchota Oihan en l'aidant à se relever.

— J'ai très mal à la cheville droite, mais ça va aller.

— Un quart d'heure plus tard, la douleur devenue insupportable l'obligea à s'arrêter. Sa cheville avait doublé de volume.

— Continue sans moi, proposa-t-elle. Je ne peux plus marcher.

— Pas question ! Fais voir !

— Tu ne t'es pas manquée, une belle entorse !

— On ne doit pas être loin de la bergerie abandonnée du père Hastoy… Je vais me cacher là.

— Ils vont te trouver, c'est sûr !

— Écoute, inutile de nous faire arrêter tous les deux. File avant qu'il ne soit trop tard ! Laisse-moi une arme !

Oihan réfléchit quelques instants. Il savait que sa compagne avait raison et était dure au mal en dépit de sa frêle apparence.

— Bon d'accord, annonça-t-il déçu de devoir l'abandonner aux chasseurs qui allaient bientôt se mettre sur leur piste pour sonner l'hallali.

Oihan chargea Lorea sur son dos et après un violent effort parvint jusqu'au *cayolar* déserté à moitié masqué par les ronces. Il l'installa face à la porte dans un recoin abrité de la bâtisse au toit en partie effondré avec des barres de céréales et une gourde d'eau.

— La nuit prochaine si le site est clair, on viendra te chercher. Tiens, prends ce pistolet ! Tu sais t'en servir ?

— *Couillonous*, c'est toi qui m'as initiée !

— Le chargeur contient dix balles.

Oihan étreignit Fleur et disparut dans la nuit.

La jeune femme caressa le Glock remit par son homme.

S'il le fallait, elle s'en servirait. À son contact, la Landaise prénommée Fleur d'une nature douce et empathique, respectueuse des lois, s'était métamorphosée en Lorea, une extrémiste *Abertzale*[44] d'adoption. Sa devise : plutôt mourir que croupir pendant des années derrière des barreaux !

Oihan Arrizurieta progressait rapidement en direction de la frontière. Il venait de quitter la forêt et le brouillard pour s'enfoncer dans un secteur plus dégagé garni de buissons et de fougères. Aux premières lueurs du soleil, une zone pentue totalement à découvert se dressait devant ses pas. Il observa, hésita puis se lança.

Un bourdonnement dans le ciel attira son attention. Un hélicoptère en approche directe sur sa position se devinait. Une cavité sous un gros rocher apparut. Avec quelques difficultés, il réussit à glisser sa carcasse et son sac sous la pierre. Il se demanda si la caméra thermique serait capable de le détecter sous ce monticule granitique de plusieurs mètres d'épaisseur. Finalement, le bruit de pale s'éloigna en direction de l'Espagne.

Première alerte, les cognes étaient déjà sur leurs traces. Encore une heure de marche et il basculerait de l'autre côté de la frontière. Là, une cache sûre chez des amis de lutte et de circonstances l'attendait. Il repensa à Lorea, sa fleur abandonnée plus tôt dans une bergerie en ruine. L'avait-il trouvée ? Comment allait-elle ?

☆

Imanol fit un nouveau point avec ses collaborateurs. Une solution pour les stopper, les attendre près de la frontière, là

---

44 Membre et sympathisant d'une organisation indépendantiste basque

où le terrain chauve à l'exception de quelques plantes herbacées et de ronces semblait propice. Pas une minute à perdre, les fugitifs possédaient a priori deux à trois heures d'avance. Pour gagner la frontière à *pedibus jambus* depuis le hameau d'Haritzalde, cinq à six heures de marche devraient être nécessaires à un marcheur expérimenté dans des conditions de visibilité normale. Avec la nuit et le brouillard, peut-être six à sept.

La Mégane d'Imanol gagna le plus vite possible le sommet du col d'Ispéguy accompagnée par un Land de la gendarmerie de Saint-Étienne-de-Baïgorry. Dès leur arrivée sur site, Imanol, Sergio, Malou, l'adjudant-chef Patxi Estérençuby et deux gendarmes s'équipèrent en tenue de chasseur, chaussures de marche, gilet pare-balles, jumelles, radiotéléphone, plus un pistolet-mitrailleur pour les gendarmes. Aussitôt, la troupe rejoignit la zone localisée où devraient se présenter les fuyards.

— *Condor 64* n'a pas repéré les fugitifs, annonça Sergio dédié à la liaison avec l'hélico.

— La caméra thermique n'a rien détecté ? s'étonna Imanol surpris.

— Elle est en panne, ajouta Sergio.

— Bon ! Pas de chien, pas de caméra, on va se les faire à l'ancienne, grommela Imanol déçu de cette trahison technique.

Il consulta sa carte IGN[45]. Donc, notre gibier est encore beaucoup plus bas.

— Chef, gardez la position, nous, on va essayer de les prendre à revers par le chemin menant à la bergerie Hastoy.

---

45 Institut national de l'information géographique et forestière

— Elle est abandonnée depuis plusieurs années et en partie effondrée.

— Justement, elle ferait une bonne cachette.

— Avec la Mégane, vous n'allez pas aller loin dans le chemin.

— Emmenez-nous avec votre tout-terrain !

Un quart d'heure plus tard le Land Rover redescendait une partie du col pour se rendre sur l'emplacement désigné par le capitaine Etcheberry pendant qu'un nouveau véhicule de gendarmerie montait renforcer le blocage près de la frontière.

À pied, ils atteignirent un terrain occupé par de petits épineux près des ruines d'une bergerie située à une cinquantaine de mètres en retrait du chemin montant au col.

— Si les brebis broutaient encore par ici, les pentes seraient pelées, fit remarquer l'adjudant-chef Estérençuby.

— On va aller visiter ce tas de pierres, on ne sait jamais ! décida Imanol.

— Y'a des traces fraîches qui vont dans sa direction, indiqua Malou en montrant un sillon net dans la végétation couchée.

— Silence, on se divise en deux, Sergio et vous Chef, au nord, Malou et moi au sud.

Arme semi-automatique en main, les quatre enquêteurs avancèrent jusqu'au *cayolar* silencieux sans rencontrer d'autres indices d'une présence humaine.

Sergio entra en confiance dans l'ancienne bergerie. Deux coups de feu claquèrent. Une douleur fulgurante à la main lui fit lâcher son Sig-Sauer. Le second projectile arrêté par son gilet pare-balles l'atteignit dans le buffet.

— Mets-toi à l'abri ! On va s'occuper de toi. Couvre-moi Malou, j'y vais. Police, rendez-vous ! Vous êtes cernés.

Avec un miroir, Imanol reconnut l'intérieur sombre. A priori, une seule personne occupait le lieu, une femme terrée dans le recoin le plus protégé. Quelques secondes plus tard, le réflecteur vola en éclats, touché par une tireuse pas manchote pour deux sous.

— Eh, la potière ne travaille pas seulement la terre. Elle possède plusieurs cordes à son arc, railla Malou.

Malou découvrit à moitié dissimulée par un roncier une petite ouverture et lâcha deux balles dans le coin indiqué par Imanol. Deux tirs de riposte s'écrasèrent contre la pierre.

Imanol ajusta par la porte la silhouette sombre. Un cri répondit à son second tir. Sa lampe torche prit dans son faisceau la jusqu'au-boutiste assise à même le sol contre la pierre, tenant maladroitement de sa main valide un flingue. Son autre pince blessée pendait inerte.

— Fleur Lacoutre rendez-vous, dernier avertissement avant neutralisation ! somma Imanol.

Pour toute réponse, la fugitive tira une nouvelle fois, mais manqua sa cible d'un bon mètre.

Alors, le capitaine Etcheberry répliqua. Une prune dans la cuisse gauche de la forcenée stoppa l'échange d'amabilités.

Fleur Lacoutre comprit le message. La partie était perdue. Hors de question qu'elle se rendît pour moisir dans une cellule miteuse ! Alors, d'un geste déterminé, le doigt sur la détente, elle approcha le Glock de sa tempe. Juste à temps, Imanol saisit le poignet armé de la pasionaria et le désarma. Le projectile se perdit à travers le trou du toit de l'abri.

La PJ de Bayonne venait de mettre fin à la cavale de Fleur Lacoutre, leur objectif initial, seule en cette ruine avec une magnifique entorse à la cheville droite.

Malou demanda l'intervention de l'hélicoptère du SAMU pour évacuer la blessée sous bonne escorte vers l'hôpital de Bayonne.

— Où est Oihan Arrizurieta ? tenta Imanol sans trop y croire.

Pour toute réponse, les yeux injectés de haine, Fleur Lacoutre lui cracha au visage. En retour, Malou lui colla une paire de baffes pour lui passer l'envie de recommencer. En la fusillant de son regard de combattante, elle balança :

— Espèce de poufiasse, dorénavant sois polie avec le capitaine Imanol Etcheberry… ! Tiens-toi tranquille, je m'occupe de ta jambe.

Sergio avait été chanceux. Sa blessure à la main droite s'avéra superficielle. Avec le pansement, elle le gênera quelque temps pour tenir son calibre.

— Vu ta prestation tout à l'heure et ton niveau en tir, il vaut mieux que tu restes au bureau ! le chambra Imanol rassuré sur l'état de la paluche de son adjoint.

Sentant l'adrénaline de l'action s'évacuer petit à petit, Malou ajouta en passant une main dans ses beaux cheveux bruns :

— Tout en bossant les procédures dans les manuels, tu nous prépareras le café.

Toujours un peu amoureux de sa collègue, son humour pince-sans-rire le peina.

— Vous me faites tous chier… ! Enfin, je reconnais que je n'ai pas été très bon sur ce coup.

— C'est le moins que l'on puisse dire ! Cela te servira

de leçon. Erreur de jeunesse, on est tous passé par là, le rassura Imanol satisfait que l'intervention se termine sans plus de casse.

Maintenant, leur priorité : mettre la main sur Oihan Arrizurieta. Vu que le bougre filait plus vite qu'un lièvre chassé de son gîte sans attendre sa moitié, le fugitif devait avoir quelques confessions intéressantes à délivrer.

Trois gendarmes arrivèrent en renfort.

— Malou et moi, on poursuit la traque d'Arrizurieta.

— Je viens avec vous, sollicita Sergio déçu de se retrouver sur la touche.

— Tu peux marcher, mais pour ton feu ?

— Regardez, je vais mettre une balle de la main gauche dans la boîte de conserve abandonnée à une dizaine de mètres.

La ferraille vola sous l'impact.

— Je suis ambidextre, annonça fièrement Sergio content de bluffer ses collègues.

— OK, on y va, décida Imanol en prenant les devants.

☆

Tapi sous son rocher, Oihan Arrizurieta perçut plusieurs détonations en provenance de la vallée. Sa Fleur-Lorea résistait et ne se laisserait pas cueillir vivante. Cette gonzesse avait du cran. « Chapeau bas l'artiste ! », pensa-t-il. Malheureusement, il ne sera pas nécessaire de venir la chercher la nuit prochaine.

Plus tard, le bourdonnement d'un l'hélico jaune s'éloignant vers Bayonne attira son attention. Emportait-il une blessée sur un brancard ou une dépouille dans une housse noire ?

Celui de la gendarmerie ne rôdait plus sur le secteur. Débarrassé de cet autre frelon inquisiteur pour un certain temps, avec prudence Oihan sortit de sa cachette et reprit sa progression à marche forcée. Les poulets devaient l'attendre à proximité du col d'Ispéguy. Alors, le fuyard coupa à travers la lande et se déporta au nord-ouest dans l'intention de déboucher à la frontière par un autre chemin quasiment non fréquenté.

Une nouvelle détonation isolée retentit. « Bizarre ! »

Aux jumelles, un gendarme armé d'un pistolet-mitrailleur planqué près du col se découpa dans l'objectif. Il avait eu raison de s'écarter. Les Bleus allaient se faire rouler dans la farine. Il n'aurait pas le cran de sa compagne : la liberté ou la case prison l'attendait. La pente devenait de plus en plus raide. Il n'avait plus vingt ans et avait omis de se ravitailler en sucre. L'hypoglycémie le guettait. Après tous les efforts déjà réalisés, la fatigue prit le dessus sur sa volonté d'échapper à la meute lancée à sa poursuite. Il dut réduire son allure, puis faire une pause. Le stress du gibier traqué le gagnait petit à petit et sapait ses moyens.

✯

Imanol montait comme un cabri. Malou s'accrochait à ses basques. En dépit de sa jeunesse, Sergio suivait difficilement le rythme imposé par son patron. Heureusement, le déhanchement du jean de Malou le motiva à s'accrocher.

Tous trois arrivèrent à l'endroit où Oihan Arrizurieta avait quitté le chemin pour couper à travers la pente. Une trace récente semblait se diriger vers leur droite.

— Il est malin le gonze. Il s'est déporté au nord pour

nous échapper et gagner l'Espagne par une voie inusitée où des complices doivent l'attendre. Sergio, prévient les Bleus de couvrir la zone plus au nord et demande le retour immédiat de l'hélico !

Ils bifurquèrent sur la trace d'Oihan. Imanol accéléra encore avec la nette intuition de se rapprocher de leur cible.

Dix minutes plus tard, Malou s'écria :

— Là-bas à deux cents mètres, un homme seul !

— On le tient. Ne perdons pas de temps, la frontière est proche. Merde, les Bleus n'ont pas encore pris position.

☆

Oihan Arrizurieta sentit la présence des poulets. Vu son allergie récursive à la volaille, il était capable de les repérer de loin, sauf la nuit passée. Il se retourna et les scruta dans ses jumelles. Deux hommes et une femme armés de calibre. Pas trace de fusil, donc il ne pouvait l'atteindre à cette distance. La frontière approchait. Aucune présence policière sur la crête. Le courage lui revint. Cinq bonnes minutes de marche forcée et il serait en sécurité de l'autre côté. Trop soucieux d'éviter tout incident diplomatique, ses poursuivants n'oseront jamais s'aventurer sur le territoire espagnol.

Tout à coup, un bourdonnement caractéristique se fit entendre. *Condor 64*, l'oiseau bleu de malheur à la cocarde tricolore longeait la frontière. Se trouvant dans une zone totalement à découvert, Oihan abandonna son sac à dos et courut dans la pente aussi vite que ses guiboles fatiguées le pussent. Paniqué, il glissa et chuta plusieurs fois. Le frelon bien français celui-là se stabilisa au-dessus de sa cible avec un tireur d'élite le tenant en joue.

— Posez votre arme, couchez-vous au sol les bras en croix, jambes écartées ! intima une voix impérieuse venue du ciel.

Oihan continua en direction de la frontière salvatrice.

— Posez votre arme, couchez-vous au sol les bras en croix, jambes écartées ! Dernier avertissement avant tir de neutralisation ! cracha le haut-parleur de l'hélicoptère de la gendarmerie.

Un tir de sommation claqua devant ses pas. Les trois autres policiers se rapprochaient à toute vitesse.

Alors, Oihan Arrizurieta obtempéra, lâcha son pistolet et s'allongea sur le sol humide.

Rejoint par le trio à sa poursuite, manu militari il se retrouva les mains menottées dans le dos. Devant son nez se profilèrent les brodequins boueux de taille 47 d'Imanol :

— Oihan Arrizurieta, vous êtes en état d'arrestation.

22 – Quitte ou double

L'homme revint. La prison s'éclaira d'une lumière blafarde. Les yeux de la captive mirent plusieurs secondes avant de s'habituer à ce nouvel environnement lumineux. Dans un réflexe pavlovien, Sarah Van de Kerkoove se recroquevilla contre le mur aveugle. Elle osa même croiser son regard malsain.

Pendant un temps interminable, le pervers contempla sa proie tapie attachée contre le béton. Il la fit se lever, puis la détailla longuement sous toutes les coutures telle une bête de foire, en particulier ses tatouages. Le phénix sembla retenir énormément son attention.

L'homme ne parlait pas, elle non plus. Elle en était bien incapable. Sa gorge sèche et nouée par l'épreuve empêchait la moindre onomatopée de sortir de sa bouche. Tout à coup, son tortionnaire posa un genou à terre, le regard scotché sur l'oiseau héraldique, pareil à un signe de soumission, et murmura des mots à peine audibles. Il lui sembla percevoir le terme « Déesse… ? ».

À cet instant, Sarah comprit qu'en plus de l'enlèvement, de la séquestration et du viol, elle se trouvait confrontée à la folie totale. Bien que paralysé par les circonstances indicibles, son cortex cérébral lui délivra un message d'espérance « Le phénix épargnera peut-être ta vie ».

Il se releva et l'étendit sur le dos au sol les mains jointes au-dessus de sa tête et écarta ses cuisses. Il se déshabilla et se coucha sur elle, puis mima un simili coït. Longuement, il se frotta à son pubis, les yeux plantés dans les siens. Elle comprit qu'il ne la pénétrerait pas par incapacité ou vénération.

Son violeur haletait de plus en plus. Le poids de ce monstre honni l'écrasait. Puis, la créature abjecte se raidit, feula et éjacula sa semence immonde sur son sexe et son ventre. Pris par son orgasme, l'homme ferma les yeux durant plusieurs secondes. Satisfait, un rictus salace de conquérant éclaira son visage dur et sans âme. Son organisme se détendit. Sa garde se relâcha.

Alors Sarah Van de Kerkoove saisit cette unique opportunité. Avec vivacité et fermeté, elle entoura le cou de taureau du mâle en appui sur ses deux mains de part et d'autre de son corps avec la chaîne en s'aidant de sa main libre pour serrer au maximum. Une grimace de douleur remplaça aussitôt sur le visage de son violeur le sourire du jouisseur fier de son œuvre destructrice.

De rage, le pervers s'empara de ses deux seins blancs, les pinça jusqu'au sang, les tordit et les griffa avec virulence pour lui faire lâcher prise. L'homme était puissant. Son cou contracté à l'extrême résistait à la pression engendrée par le métal. Le combat inégal entre ces deux êtres parut durer une éternité. Une lutte à mort était engagée.

Sarah maintenait de plus en plus difficilement la pression. Ses mains entaillées par les anneaux saignaient. Le visage du violeur était congestionné, le souffle lui manquait. Les pinces enserrant sa poitrine s'acharnaient sur ses mamelons. Les ongles tels des serres acérées entamaient ses chairs tendres. Elle aussi suffoquait sous l'effort et la compression de sa cage thoracique. La douleur devint insupportable. L'envie d'abandonner la traversa. La respiration rauque, elle avait perdu son dernier combat. La mort l'attendait.

Alors, son cerveau lui ordonna de jeter toutes ses dernières forces dans la bataille. Dans un ultime sursaut, elle retendit la chaîne d'un coup sec autour du cou de bovidé. Un bruit net d'écrasement suivit. Les tenailles ceignant son buste se détendirent. Les yeux fous tournèrent au vitreux. De la bave s'écoula de la bouche du tueur. L'homme s'effondra sur sa victime. La mort l'avait rattrapé. Le larynx fracturé, son bourreau venait de connaître le supplice réservé à ses martyrs.

Pendant un temps indéterminé, Sarah Van de Kerkoove resta tétanisée sous le corps sans vie. À bout de forces physiques, au bout du rouleau sur le plan psychologique, elle était dans l'incapacité de virer de sa peau la pesante dépouille de cette ordure. Toujours prisonnière de la chaîne tueuse, celle-ci n'allait-elle pas également devenir sa faucheuse ?

Quand elle eut partiellement récupéré, elle retira les anneaux en métal du cou du cadavre. Puis, elle fit basculer hors d'elle le mort qui atterrit sur le dos comme une chique molle. Alors, elle osa le regarder. Il avait l'air malin étendu inerte à poil avec entre les jambes cette queue flasque figée qui venait de la salir !

La découverte du poignard effilé du mâle déchu la submergea d'une brutale envie de vengeance posthume. Elle songea à l'émasculer et à lui faire avaler cette bite qui lui servait de cervelle. Heureusement, sa raison lui rappela que sa priorité était d'échapper à son sinistre sort de prisonnière.

Posé sur les habits de son violeur, un holster garni d'un pistolet lui tendait les bras. Après une série de contorsions, malgré la chaîne, Sarah réussit à s'en saisir. Pour la première fois de sa vie, elle tenait entre ses mains une arme à feu. Le semi-automatique positionné dans sa main libre tremblait. Elle tira en direction de l'anneau scellé dans le mur. Elle le manqua et ne parvint qu'à arracher quelques éclats au béton. Sous l'impact, elle crut s'être démontée l'épaule. Alors elle se remémora les fictions policières suivies sur les chaînes de la RTB[46].

Debout les deux jambes écartées, le calibre fermement tenu entre ses deux mains blessées, la jeune Belge ajusta avec précision sa cible. Le métal éclata sous l'impact du 9 mm. La chaîne tomba au sol. Elle était libre. Encore fallait-il sortir de ce trou à rat ! Mais avant, elle décida de coller une prune dans le cerveau de son tourmenteur rempli d'un petit pois baignant dans la testostérone.

À nouveau Sarah visa sa cible. Alors que son doigt pressait la détente, un bruit extérieur de pâle attira son attention. Un hélicoptère rodait à proximité. Elle hésita, le remit en joue, puis abaissa son arme.

L'adrénaline de l'action en survie redescendait. Sa poitrine meurtrie lui rappela le traitement subi. Seulement à cet instant, percluse de souffrances, elle s'aperçut des traces violacées lacérant sa chair, des estafilades sanguinolentes laissées par les serres du tueur. Son ventre poisseux la dégoûtait. Son intimité profanée la lançait, ses mains la brûlaient, un mal de crâne enserrait sa tête. Pendant le viol

46 Radio Télévision Belge

et sa lutte pour la vie, la douleur, le froid, la faim et la soif s'étaient volatilisées. Depuis combien de temps n'avait-elle ni mangé ni bu ? Depuis combien de temps grelottait-elle dans cette cave sordide ?

Alors la pression retomba, ses dernières forces l'abandonnèrent, un voile nimba son regard justicier. Les jambes en coton, Sarah Van de Kerkoove dut s'asseoir pour éviter de tomber dans les pommes. Sous la lumière crue de l'unique ampoule, appuyée contre le mur froid à côté du cadavre encore tiède, elle attendit le pistolet en main. Une pensée de suicide l'effleura. Rien de plus aisé, une balle en pleine tête réglerait ses tourments et ses blessures. En suivant, elle balaya cette idée en fait difficile à mettre en œuvre. Non, elle ne venait pas d'échapper au pire pour se supprimer maintenant alors que les secours approchaient et que son calvaire allait enfin prendre fin.

☆

— Véhicule suspect repéré à proximité d'une bâtisse isolée à cinq cents mètres à l'est de votre position, annonça à Sergio l'observateur chargé de la liaison avec l'*EC 145* de la gendarmerie.

— Objectif à cinq cents mètres droit devant près d'une maison, répercuta immédiatement Imanol à ses autres collègues d'intervention, le commissaire Maxime Grabowski et les capitaines Malou Besnier et Kevin Daruiz.

— Je rappelle qu'on le veut vivant ce monstre, précisa Max. Pas de connerie Malou !

— Ne t'inquiète pas ! Même si ce n'est pas l'envie qui m'en manque, je connais mon job.

— Une bavure peut vite arriver, ironisa Sergio.

— Ferme-la, intima sèchement Imanol à son second. Le commissaire Grabowski a raison. Pour la mémoire des victimes et le deuil des vivants, cet individu doit rendre des comptes à la justice des hommes.

Autour d'eux, depuis plusieurs heures, une cinquantaine de gendarmes et de policiers avançaient pistolets-mitrailleurs braqués pour prendre en tenaille l'objectif assigné, fouillaient le moindre recoin, exploraient chaque construction. Le ciel d'un bleu insolent irradié d'un superbe soleil se moquait du drame joué au sol et semblait un excellent présage.

Un, puis un second coup de feu au bruit amorti dérangèrent la sérénité du temps.

— Ça tire vers la grange ! Fonçons ! lança Imanol.

— Couverts par deux tireurs d'élite au sol et celui présent dans l'hélicoptère, les cinq enquêteurs revêtus de leur gilet pare-balles se précipitèrent en direction de la bâtisse.

— Police, ouvrez ! hurla Imanol en défonçant la porte d'entrée rebelle d'un coup rageur de savate.

Dès leur intrusion à l'intérieur, couvert par leurs collègues, Imanol, Max et Malou s'engagèrent dans l'escalier menant à la cave. Une porte métallique à peine entrouverte les accueillit. De la lumière filtrait par l'interstice. Aucun bruit n'en provenait. Max ouvrit le battant brusquement, une odeur de foutre, d'urine et de trépassé se propagea à leurs narines. Imanol et Malou se ruèrent à l'intérieur, prêts à allumer, couverts par les deux tireurs d'élite. Le spectacle les laissa coi.

Un homme nu au cou meurtri gisait mort en apparence

sur le sol. Une femme dénudée également, au corps couvert de tatouages de couleur, les jambes étendues, un anneau au poignet droit avec une chaîne coupée, un pistolet dans la main gauche orienté dans leur direction, prostrée contre le mur à côté du cadavre, les fixait d'un regard hagard, les yeux vides et secs d'avoir souffert.

— Nous sommes de la police, nous venons vous libérer. Posez votre arme au sol ! annonça Malou d'une voix avenante en avançant prudemment dans sa direction.

Alors seulement, la prisonnière sembla les voir et lâcha le calibre.

Rejoints par Max, Kevin et Sergio, ils comprirent le scénario. Devant eux se trouvait l'auto-stoppeuse belge portée disparue, Sarah Van de Kerkoove, la poitrine en sang, striée et lacérée de marques violacées, le pubis maculé de sperme. Le mort par strangulation devait être leur violeur et tueur psychopathique, le monstre sanguinaire recherché depuis des jours, le prédateur sexuel semeur de mort et de désolation, celui qui avait foutu en l'air la vie de ses victimes rescapées comme Florence Olano et la présente jeune Belge.

Restait à identifier le cadavre ! Une comparaison avec le portrait-robot leur fournit la réponse. C'était Xabi Jimenez, le ressortissant basque espagnol recherché dans le cadre d'un mandat d'arrêt international émis par l'Espagne.

L'ADN et la balistique confirmèrent que l'Espagnol était aussi l'auteur de multiples meurtres, Adeline Lemaître, Corinne Dupraton, Marcel Lafitte et le paysan basque, en plus de la tentative de viol de Florence Olano et de l'agression de Malou.

Un lien avec les trafics de cigarettes et de fausse

monnaie apparaissait. Malgré toutes les affaires élucidées, la première de la liste restait toujours inachevée.

Qui avait tué Charlotte de Larralde et pourquoi ? Cette question demeurait encore sans réponse. Les analyses balistiques laissaient à penser qu'un second tueur avait sévi.

Ils leur restaient à recueillir les aveux de Fleur Lacoutre, la meurtrière présumée de Piztia dans l'unité de soins intensifs du Centre Hospitalier de la Côte Basque à Bayonne. Ils devaient également mettre un nom sur l'auteur de la tentative d'assassinat sur le berger dans son *cayolar* du col d'Ispéguy.

Un pas de géant venait d'être accompli.

✯

Prise en charge dans un premier temps par le SAMU de Bayonne, puis par une unité hospitalière spécialisée, la pauvre Sarah Van de Kerkoove se remettrait-elle un jour de cette traumatisante épreuve ?

Enlevée, séquestrée, violée, meurtrière par survie, comment reprendre goût à l'existence, à l'amour ? Comment renouer confiance en l'être humain ?

Une thérapie de longue haleine attendait la jeune Belge. Anxiolytiques, antidépresseurs, somnifères et autres médicaments risquaient de rythmer ses jours et ses nuits pour longtemps, sinon pour le reste de sa vie.

Pourvu qu'elle ne sombrât pas à son tour dans la folie ! D'après son état, elle en était déjà aux prémices.

Pourvu qu'elle n'attentât pas à ses jours !

La peur semblait instiller à jamais dans ses veines. Le doute sur la légitimité du meurtre du monstre la rongerait-il en permanence ?

Une nouvelle femme cassée par un prédateur sexuel venait de s'ajouter à l'insoutenable liste des martyres.

Malou enrageait devant ce sinistre constat. Pourvu que le Proc retienne la légitime défense et que Sarah évite un procès pour ce crime !

— Cet être malfaisant possédait la haine des femmes. Au moins, l'une d'elles lui aura fait payer ses forfaits ! déclara Malou satisfaite de l'issue de l'enquête, mais déçue que ce malade ait encore réussi à briser la vie d'une nouvelle innocente.

— Je suis d'accord avec toi ! Au moins, il a payé cash ses crimes, ajouta Max.

— Jamais je n'arriverai à me contenter de l'arrestation de tels salopards ou de leur mort. Rien ne pourra réparer leurs crimes ! Regardez, Ludivine, devenue mon amie après avoir été victime d'un réseau de prédateurs, paraît remise. En réalité, son enlèvement, les tortures physiques et morales endurées la hantent en permanence et ce pour toujours.

— Je te comprends. Heureusement que c'est une femme forte ! Une overdose de somnifères pourrait abréger ses maux, ajouta Max également très touché par le calvaire de la jeune avocate promise à une brillante carrière.

— Rien n'est gagné ! Cette hypothèse est crédible, confirma Malou qui commençait à bien la connaître.

— Malheureusement, malgré l'arsenal de lois et l'épée de Damoclès des peines encourues, la police devra toujours courir après de telles crapules, ajouta Imanol.

23 – Épilogue

Imanol assisté de Malou se présenta au service des urgences.

— Docteure Huarte, pouvons-nous interroger Fleur Lacoutre ?

— Pas de problème, elle n'a aucune blessure à la langue, acquiesça Elaïa Huarte. Croyez-moi, malgré son état à l'arrivée, elle l'a bien pendue. Par contre, vous l'avez arrangée cher Capitaine.

— Elle n'a pas été très coopérative lors de son interpellation.

— Deux balles sans causer la moindre fracture, un travail d'orfèvre !

— Disons que je la voulais entière et vivante. Concernant ses problèmes de langage, ne vous inquiétez pas, la capitaine Malaury Besnier saura lui rappeler la bienséance.

— On l'a hospitalisée dans une chambre sécurisée par vos policiers. Je vous accompagne.

— Vous pouvez aller boire un café, annonça aussitôt Imanol aux deux uniformes positionnés devant la porte.

— Je vous laisse une demi-heure. Elle n'est pas encore apte pour un marathon.

— Doc, je crains qu'elle n'en fasse pas avant très longtemps.

Lorsque Fleur Lacoutre vit entrer Imanol et Malou, ses

yeux sombres crachèrent des éclairs. Son attitude tenait plutôt d'une mante religieuse prête à croquer son mâle.

— Madame Lacoutre, dans le cadre de votre garde à vue, la capitaine Malaury Besnier de la police criminelle de Bordeaux va procéder à votre interrogatoire.

D'emblée, en guise de mise en confiance de la Landaise, Malou décocha :

— Suite à vos esclandres dans la bergerie, vous risquez quelques années à l'ombre. Si on ajoute vos actes récents et nos découvertes dans la maison de votre compagnon, Oihan Arrizurieta, atelier de fausse monnaie, armes de guerre, au minimum vingt de plus.

Le faciès fermé de la prisonnière se décomposa à l'écoute des paroles de Malou. L'enfermement lui faisait une peur bleue. Plutôt mourir que vieillir en cage !

— Par contre, si vous faites preuve de coopération, on pourra en parler au juge pour adoucir votre future condamnation.

Pendant ce temps, placé en retrait contre le mur latéral de la chambre aux murs bleu pastel, Imanol lança son ordinateur portable.

— On va vous montrer une vidéo fort instructive, déclara-t-il en positionnant l'écran face à leur obligée.

— Ce n'est pas moi, c'est pas moi, hurla après le visionnage Fleur Lacoutre au teint devenu plus blanc que les draps de son lit.

Attirée par les hurlements de la patiente, la docteure Elaïa Huarte accourut.

— Un problème Capitaine !

— Pas du tout ! Madame n'apprécie pas le film projeté, répondit avec flegme Imanol tout en décochant un clin d'œil taquin à la jeune toubib.

Malou reprit la main :

— La scientifique a trouvé également des choses très intéressantes à votre domicile : une cagoule noire à votre taille similaire à celle de la vidéo, une petite fiole dans votre trousse d'infirmière contenant un puissant poison capable de terrasser un bœuf d'une crise cardiaque quasi instantanée.

— Ah la nostalgie, c'est fou comme ce sentiment peut laisser des traces ! ironisa Imanol sachant la jeune femme parée pour la cueillette.

Fleur Lacoutre resta bouche bée, ses yeux ronds roulaient de droite à gauche dans leurs orbites à la recherche d'un secours improbable. Depuis la séance de cinéma, son moniteur de surveillance affichait une augmentation très forte de sa tension artérielle et de son rythme cardiaque. Sa respiration sifflait presque.

— La vidéo, le Toyota RAV4 identique à celui de votre compagnon, le poison ! Le juge aura assez de preuves pour vous inculper pour meurtre avec préméditation du berger Pantxoa Ithurbide dit Piztia, résuma Imanol.

— Vous avez tué Piztia, le reconnaissez-vous ? ajouta Malou le regard rivé dans celui décomposé de la jeune femme recroquevillée dans son lit médicalisé.

Fleur Lacoutre hésita, balbutia, puis d'une voix fluette annonça :

— Oui, c'est moi… Mais, on me l'a demandé ! J'ai voulu rendre service.

— À qui ?

— Non… personne ! continua-t-elle en se rendant compte qu'elle en avait trop dit… ou pas assez.

— Je vais vous aider : Oihan Arrizurieta, votre compagnon. D'ailleurs, pour votre gouverne, en ce moment, il est bien au chaud dans nos locaux tristounets… dans une cage grillagée.

— Oui, c'est lui.

Ensuite, Fleur Lacoutre reconnut que son homme dirigeait le trafic de cigarettes de contrebande et celui de fausse monnaie.

Deux coups brefs retentirent contre la porte.

— Capitaine, la demi-heure est écoulée. Il faut la laisser se reposer maintenant.

— Encore cinq minutes Docteur Huarte. Cela nous évitera de venir vous déranger demain à la première heure.

Malou enfonça le clou :

— Connaissez-vous Xabi Jimenez ?

— Non… jamais entendu parler !

— Dommage, votre téléphone possède plus de mémoire que vous. Le fichier de vos contacts comporte un dénommé Xabi Jimenez avec un numéro de portable de l'opérateur espagnol Telefonica. D'après les fadettes de votre ligne, vous l'avez contacté à plusieurs reprises entre fin mars et début avril 2019. Quel était le sujet de vos échanges ?

Fleur Lacoutre baissa la tête de plus en plus dépitée par la tournure des évènements. Elle se savait empêtrée dans la toile tissée par un aranéide prêt à l'achever inexorablement.

— À votre âge, de tels problèmes de mémoire ne présagent rien de bon pour votre avenir ! Quoique le vôtre me semble bien bouché. Je vais vous aider : Charlotte de Larralde.

— Je n'ai rien à voir avec l'élimination de cette salope.

— Qui a parlé de son assassinat ? Sinon vous !

— Vous venez de vous trahir Madame Lacoutre, intervint Imanol.

— Vous avez commandité ce crime et Xabi Jimenez a

réalisé votre contrat, ajouta Malou. Opération *Ezponda*[47] d'après les papiers trouvés lors de la perquisition de votre domicile.

— C'est faux, ce n'est pas moi… Xabi était mon amant.

— Tu te fous de notre gueule ! Faut-il que je te rappelle la signification française du mot basque *ezponda* ! s'énerva Malou en exhibant plusieurs photos couleurs.

Elle les fourra sous son nez et d'une main ferme l'obligea à les regarder, à s'en imprégner ses méninges.

— Maintenant que tu nous la joues en mode cougar, zieute bien comment il traitait les femmes ton Xabi amant de mes deux. Adeline Lemaître violée et massacrée à dix-neuf ans à Bordeaux. Corinne Dupraton, quarante-deux ans, violée et assassinée à Mimizan. Regarde de quelle façon il remplissait le vagin des femmes jusqu'au col de l'utérus. Tu as vu ! La marionnette de Guignol dans celui d'Adeline, celle d'Arès le dieu grec de la guerre dans celui de Corinne. Ce fou était impuissant. Il haïssait le sexe dit faible. Il se vengeait de ses problèmes sexuels en les profanant, en les anéantissant. Alors comme soupirant, tu repasseras. Tu as commandité l'assassinat de ta rivale, Charlotte de Larralde !

— Crime passionnel par peur de perdre votre compagnon qui s'amourachait de la belle Biarrote. Vous n'êtes pas près de batifoler dans les pins des Landes ! La jalousie est un vilain défaut, persifla Imanol après la diatribe explosive de sa collègue.

Devant les images horribles et les indices découverts, Fleur Lacoutre craqua. Un torrent de larmes s'écoula le long de ses joues défaites. Malou lui tendit un mouchoir en papier.

---

47 Falaise en langue basque

— Je n'en pouvais plus. Il l'avait dans la peau cette pute. Je voulais récupérer Oihan avant qu'il soit trop tard. Mais, je n'ai pas commis le meurtre ! C'est un de ses lieutenants, Xabi Jimenez.

— Nous avons omis de vous prévenir. Xabi Jimenez est mort, comme le chien qu'il était. Vous serez donc seule dans le box du tribunal pour répondre de ce crime.

Présentée devant un juge d'instruction, Fleur Lacoutre fut inculpée pour les meurtres de Piztia et de Charlotte de Larralde.

✯

Max rejoignit Imanol, Malou, Mot et Sergio. Un débriefing se déroula avant le second interrogatoire d'Oihan Arrizurieta. Lors du premier, en vieux cheval de retour, le Basque n'avait pas desserré les dents.

— Le point de départ de toutes ses affaires repose sur l'assassinat de Charlotte de Larralde et les confidences d'Arantxa Jimenez à Malou, constata Max.

— Comme quoi, une simple histoire de cul peut mener loin ! railla Imanol.

— Cinq morts, deux séquestrations et viols, l'agression d'une fonctionnaire de police : terrible palmarès ! précisa Max le regard sur le tableau mural blanc couvert de l'ensemble des informations et indices.

— Résumons ! Nous devons neutraliser les complices encore dans la nature. Lacoutre a reconnu que son compagnon dirigeait les trafics avec trois lieutenants. L'un des sbires était Xabi Jimenez. Électron libre qui a joué en franc-tireur : sort réglé ! Elle a prétendu ne pas connaître les identités des deux autres. Les Espagnols détiennent les époux Jimenez. La police espagnole a coffré leur fils Eneko pour complicité suite aux révélations de la Landaise, ainsi que les deux barbouzes, agresseurs de Malou à Vera de Bidassoa. Deux des dirigeants manquent à l'appel. Oihan Arrizurieta ne parlera pas. Son dossier renferme assez de preuves pour le faire dormir à l'ombre fort longtemps avec l'atelier de fabrication de fausse monnaie découvert dans une cave de sa maison et son rôle dans le meurtre de Piztia.

Sergio intervint :

— Y'a peut-être une piste qu'on n'a pas exploitée ?

— Laquelle ?

— *Café Oylarandoy* !

— Une bastos dans la main ça t'a mis du plomb dans la cervelle ! se moqua Imanol. Ce n'est pas con !

— Rappelle-toi l'histoire du vieux Etxeto confiée par la mamie Maïtena Enegoyen !

— Malou, arrange-toi avec le Proc pour les mandats des deux lascars encore dans la nature ! Sergio, demande à l'adjudant-chef Patxi Estérençuby de placer en garde à vue Eder Amestoy le patron du *Café Oylarandoy.* Ensuite, on va aller cueillir François Etxeto sur son lieu de travail. Attention, le mec est violent et amateur d'armes, un genre d'hidalgo bodybuildé jusqu'au bout des doigts.

— Le patron du bistrot va se mettre à table, il n'aura pas le cuir aussi solide qu'Arrizurieta, estima Max.

— Pour l'autre, ce sera plus difficile.

☆

Au *Café Oylarandoy* d'Irouleguy, à l'heure de l'apéro la clientèle habituelle des boit-sans-soif accoudés au comptoir refaisait le monde un verre à la main.

— Remets-nous une tournée ! réclama un papy à la face écarlate surmontée d'un béret basque sur son crâne lunaire.

— Eder, t'es au courant, les poulets ont arrêté Oihan et sa compagne, demanda un autre à la figure cramoisie en agitant son makila.

— T'en es sûr ! se renseigna le patron au teint subitement devenu livide tout en renversant un verre de blanc. Excuse-moi, je t'en ressers un.

— Le service est de plus en plus déplorable dans cet estancot ! brocarda un troisième tout aussi allumé.

— J'm'en fous. Encore un jaune que les Chinois n'auront pas, balança le papy en vidant son 45 pur d'un trait avant de s'essuyer les lèvres d'un revers de manche.

— Ainhoa, occupe-toi du bar !

Eder Amestoy se retira dans sa réserve. Il pianota sur son téléphone portable :

— Fantxoa, t'es au courant des nouvelles !

— Ça dépend !

— Oihan s'est fait cueillir.

Un long blanc suivit l'info.

— Merci… Sais-tu pourquoi ?

— Non.

Cinq minutes plus tard, Eder reprit place derrière son comptoir avec une mine de bouledogue contrarié.

La clochette tinta. La porte s'ouvrit sur l'adjudant-chef Patxi Estérençuby accompagné de deux gendarmes à la mine peu amène.

— Eh ben, les Bleus viennent boire l'apéro, blagua le plus alcoolisé en se mettant au garde-à-vous.

— Monsieur Eder Amestoy, veuillez nous suivre, décocha sans un regard pour le malotru l'adjudant-chef en présentant sous les yeux écarquillés du patron le mandat d'amener signé par le magistrat instructeur de l'affaire.

— Chef, vous me connaissez. Je suis un honnête commerçant, tenta sans conviction Eder Amestoy résigné.

— Passez-lui les menottes ! riposta Patxi à sa faible récrimination.

— Mais enfin Eder que se passe-t-il ? lança paniquée une Ainhoa surgie de sa cuisine, attirée par la présence des gendarmes.

— Madame, ne vous mêlez pas de ça ! Vous aurez l'occasion de répondre aussi à nos questions. Les trois poivrots dehors. L'établissement est fermé.

Un autre équipage de la gendarmerie de Saint-Étienne-de-Baïgorry se présenta, rapidement rejoint par une équipe de la gendarmerie scientifique. La perquisition du bar et de l'appartement des propriétaires commença aussitôt.

*

Au travail dans sa salle de sport *Etxeto Bodybuilding* de Bayonne, François Etxeto réfléchit quelques instants. S'enfuir, mais où ? Non, s'ils venaient le chercher, il les attendra et se battra. Il n'était pas du genre à se laisser faire. Il s'arma de son Beretta, engagea un chargeur et fit monter une balle dans la chambre.

L'attente fut courte. Une Mégane blanche et une Cactus grise se présentèrent sur le parking. Quatre hommes et une femme à l'odeur de volaille en sortirent. À travers la fenêtre de son bureau, il reconnut immédiatement le double-mètre qui marchait en tête du groupe en direction de l'accueil, le capitaine Etcheberry de la PJ de Bayonne. Ses yeux noirs lancèrent des éclairs sous ses Ray-Ban.

Imanol prévint ses collègues :

— Faisons gaffe ! Je connais le loustic, c'est un sanguin et un connaisseur en armes à feu.

— Bonjour Mademoiselle, PJ de Bayonne et police criminelle de Bordeaux, nous souhaitons rencontrer votre patron, annonça aussitôt Imanol à la petite brunette en train de se refaire une beauté derrière son comptoir en pin.

— Vous avez rendez-vous ? minauda-t-elle en jetant des œillades à Sergio.

— Nous avons beaucoup mieux ! Ne perdons pas de temps, où se trouve son bureau ?

Devant le mandat, la fille comprit et s'exécuta :

— Le bureau de Monsieur Etxeto se trouve au second étage au fond du couloir.

Les enquêteurs se dirigèrent vers l'escalier. Aussitôt l'hôtesse d'accueil se saisit du combiné. Max se retourna et lui fit les gros yeux. Sergio revint en arrière et débrancha le téléphone.

— On reste tranquille, autrement… ! Sergio fait la causette à la demoiselle. Si elle bouge, tu lui passes les pinces.

François Etxeto s'embusqua dans les toilettes.

Les policiers débouchèrent à l'entrée du couloir et dégainèrent leurs armes. En habitués des interpellations, tous les quatre ressentirent le piège. Toutes les portes se trouvaient fermées, sauf celle des toilettes qui bâillait.

Une ombre se profila derrière le battant et lâcha une bastos dans leur direction. Le frère de Rambo qui souriait bêtement dans le cadre touché explosa au sol dans un bruit de verre brisé. Couverts par Sergio et Malou, revêtus de leur gilet pare-balles, Imanol et Max avancèrent vers le battant en longeant les murs.

— Police, rends-toi François ! ordonna Imanol. Dernier avertissement.

Deux balles lui répondirent. Alors, Imanol et Max

ripostèrent pour neutraliser le tireur coincé derrière la porte du cabinet. Un cri de douleur, la chute d'un corps sur le trône, François Etxeto dit Fantxoa venait de mourir flingue en main, fauché par une balle en pleine poitrine.

— Encore un qui ne voulait pas répondre de ses forfaits devant la justice des hommes ! constata Max.

☆

Deux heures plus tard, sous le régime de la garde à vue, Eder Amestoy prenait place dans une salle d'interrogatoire de l'hôtel de police de Bayonne devant Max et Imanol.

Passé la phase d'indignation de se retrouver dans cette position, devant les indices accumulés il craqua vite et confirma les derniers éléments du puzzle.

Les perquisitions menées au café et dans son appartement permirent de découvrir un joli stock de fausses coupures en euros d'une qualité identique à celles présentes dans l'imprimerie clandestine planquée dans une cave de la propriété d'Oihan Arrizurieta.

— Qui était le chef de votre organisation criminelle ?

— Asmotsu, enfin Oihan Arrizurieta.

— Quel est l'auteur de la tentative d'assassinat de Pantxoa Ithurbide dans sa bergerie et qui est son complice ?

— Le tireur, Xabi Jimenez avec l'aide de son frère Eneko.

— Qui a réalisé les mitraillages de votre café et de la mairie à Irouleguy et de la gendarmerie de Saint-Étienne-de-Baïgorry ?

— François Etxeto et Xabi Jimenez.

— Pour quelles raisons ?

— Pour faire diversion.

— Et le taggage du monument aux morts ?

— Lorea, la compagne d'Oihan.

— Étiez-vous au courant des agressions sexuelles et meurtres de femmes commis par Xabi Jimenez ?

— Non, il a dû perdre les pédales. Si Oihan l'avait su, il l'aurait abattu de ses propres mains.

La boucle était bouclée.

☆

Après ses longues journées d'enquêtes ponctuées de meurtres d'innocentes victimes, Max, Imanol, Malou, Sergio et Mot se retrouvèrent attablés au *Chantaco.* Ils n'avaient point le cœur à fêter le dénouement, mais simplement le besoin irrépressible de décompresser. De plus, en dépit de leur divorce conflictuel, en mémoire de son ex-épouse Charlotte, Severio Etchebarne tenait à remercier les enquêteurs.

— Un simple meurtre passionnel nous aura permis de démanteler une filière de trafic de cigarettes, d'éliminer une équipe de faux-monnayeurs et surtout de stopper un tueur en série, commenta Imanol avec gravité.

— Comme quoi, la jalousie est un défaut qui peut amener l'être humain à commettre l'irréparable ! ajouta Max les traits sérieux.

Le visage marqué, Malou leva son verre et s'exprima d'une voix empreinte d'émotion :

— Jamais je ne pourrai oublier les images de ces pauvres victimes innocentes ! Jamais je ne pourrai oublier la vie détruite de leurs proches. À leur mémoire !

FIN

Imprimé en France
par ICN – France Libris
en novembre 2022

Zone industrielle des Saligues
98, rue Louis Rabier
64300 Orthez
icn@imprimerie-icn.fr

IMPRIM'VERT
votre imprimeur agit pour l'environnement

ORIGINE FRANCE GARANTIE
BVCert. 6374991

marysa.editions@gmail.com
chrisraveriauteur@gmail.com
chris.raveri.3

Dépôt légal : mars 2022